THOMAS BREZINA

OMNIBUS

OMNIBUS

Der Taschenbuchverlag für Kinder und Jugendliche
von Bertelsmann

Band 20552

Umwelthinweis: Dieses Buch wurde
auf chlorfrei gebleichtem Papier gedruckt.

Erstmals als OMNIBUS Taschenbuch Oktober 1998
Gesetzt nach den Regeln der Rechtschreibreform

Umschlag- und Innenillustrationen: Bernhard Förth
Umschlaggestaltung: Atelier Langenfass, Ismaning
bm · Herstellung: Stefan Hansen
Satz: Uhl + Massopust, Aalen
Druck: Presse-Druck Augsburg
ISBN 3-570-20552-5
Printed in Germany

1 3 5 7 9 10 8 6 4 2

THOMAS BREZINA

ALLE MEINE MONSTER

UNTERNEHMEN SCHWESTERNSCHRECK

Illustriert von
Bernhard Förth

OMNIBUS

Ich bin Max Müller. Ich bin 10 Jahre alt, fahre gerne Skateboard und habe bisher ein reichlich langweiliges Leben gehabt. Doch dann habe ich mit meiner schrecklichen großen Schwester Dodo gewettet, dass ich mich allein in die stillgelegte alte Geisterbahn auf dem Rummelplatz traue. Keiner ahnt, dass sich hinter den grünen Wänden ein großes Geheimnis verbirgt. Ich habe es entdeckt. In der Geisterbahn verstecken sich …

… die letzten **MONSTER** der Welt!

Die Monster sind heute meine besten Freunde, aber sie schweben ständig in großer Gefahr. Sie werden nämlich von Karla Kätscher und ihrem Helfer Adonis Amselhirn gejagt, die einen Monsterzirkus gründen möchten.

Ich helfe meinen Monsterfreunden, so gut ich kann. Seit wir uns kennen, gibt es so etwas wie Langeweile nicht mehr für mich! Hier stelle ich meine Freunde vor und dann folgt unser neues, haarsträubendes Abenteuer!

MOMBO MUMIE

Alter: 3667 Jahre

Besondere Kennzeichen: kann Menschen den bösen Blick zuwerfen, worauf diese sofort Unglück haben. Trägt deshalb immer eine Sonnenbrille.

Mag nicht: Motten, da sie Löcher in sie fressen.

Mag gerne: flotte Klamotten, aber nur in Streifen gerissen, damit sie sich darin einwickeln kann.

BORIS, Frankensteins erstes Monster

Alter: Kopf ist 144, Arme und Beine 142, Körper 143 und Hirn 102 Jahre alt (musste einmal ausgewechselt werden).

Besondere Kennzeichen: Hat Nase und Ohren eines Hundes und kann in seinen Händen Glühbirnen zum Leuchten bringen. Manchmal tritt ein Wackelkontakt auf.

Mag nicht: Wasser, wegen Kurzschlussgefahr.

Mag gerne: Strom

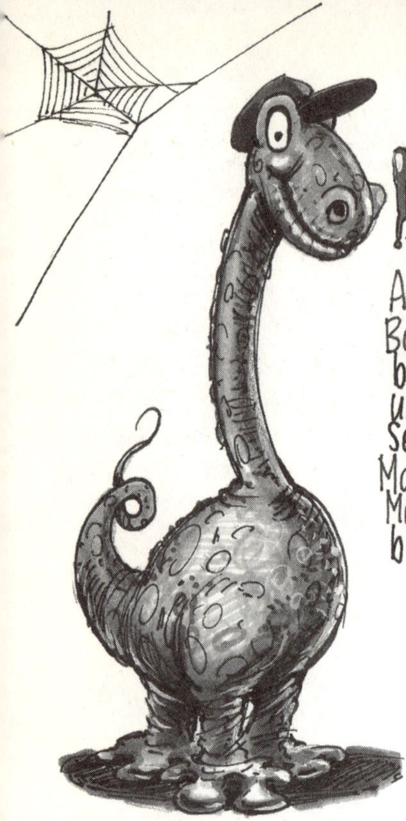

Nessina

Tochter von Nessie

Alter: 1209 Jahre

Besondere Kennzeichen: badet, wann immer und wo immer sie kann. Sehr gute Schwimmerin.

Mag nicht: Seife

Mag gerne: Schwimmbäder und Seen

Wolfgang Amadeus Werwolf

Alter: Wurde vor 356 Jahren von einem Werwolf gebissen und ist seither selbst einer.

Besondere Kennzeichen: Frisst immer Schnitzel mit Ketchup.

Mag nicht: Jäger mit Silberkugeln und Zahnärzte

Mag gerne: Rockmusik und schwere Motorräder

BABY-DRAK

Berühmter Vorfahre: Graf Drakula
(war sein Onkel)
Alter: wurde 1666 von einem Vampir gebissen.
Besondere Kennzeichen: Tageslicht macht ihm nichts, da er sich mit einer Schutzcreme einreibt (so ähnlich wie für uns Sonnencreme).
Mag nicht: Ketchup
Mag gerne: alles, was rot ist, und am liebsten....
... ihr wisst schon.

ZERBI

der Höllenhund

Alter: 5790 Jahre
Besondere Kennzeichen: hat drei Köpfe, die immer streiten.
Mag nicht: Katzenfutter
Mag gerne: Hundefutter aus der Dose

LUZILLA

Alter: 33 Jahre

Besondere Kennzeichen:
Kann wie ein Chamäleon die Farbe wechseln und ist sehr eitel.

Mag nicht: Lärm und schreiende Menschen.

Mag gerne: Schraubenschlüssel und Türklinken, das ist ihr Lieblingsfutter.

FÜSSCHEN

Alter: 44 Jahre

Besondere Kennzeichen:
Hühnerauge an der kleinen Zehe.

Mag nicht: enge Schuhe

Mag gerne: Kuschelpantoffeln

FRANK STEINCHEN

Dr. Frankensteins kleiner Bruder

Alter: gebaut im Jahre 1877

Besondere Kennzeichen:
Spricht sehr geschraubt und siezt jeden.
Löst Rechnungen schneller als ein Taschenrechner.

Mag nicht: Lehrer und Schulen

Mag gerne: Friedhöfe

Spuk in der Geisterbahn

Seit einer Woche regnete es in Strömen. Max hatte sich die Jacke über den Kopf gezogen und rannte über den Rummelplatz. Bei diesem Sauwetter war natürlich überhaupt nichts los. Die Buden und Bahnen waren alle geschlossen.

Fünf Tage lang hatte Max seine Monsterfreunde in der alten, grünen Geisterbahn nicht besuchen können, weil er mit Fieber im Bett gelegen hatte. Und jetzt spürte er ein äußerst komisches Gefühl im Bauch. Ob Karla Kätscher und Adonis Amselhirn wieder zugeschlagen hatten? Saßen seine Freunde vielleicht schon in Käfigen im Monsterzirkus von Frau Kätscher?

Viele schreckliche Gedanken jagten durch Max' Kopf, als er den Kanaldeckel hob und in die Tiefe kletterte. Der Kanal war der gut versteckte Zugang zur Geisterbahn, den nur die Monster und er kannten. Max lief durch den stinkenden Tunnel bis zu einer runden Röhre, durch die er wieder nach oben kroch.

Er drückte eine Holzklappe in die Höhe und steckte seinen Kopf in die Geisterbahn. »Hallo, ich bin's, Max!«, rief er. Unheilvolle Stille empfing ihn. In den schmutzigen Lampen flackerte

das Licht und erhellte den großen Raum. Max sah den Sarg von Baby-Drak, erkannte den schrecklichen Stuhl, aus dessen Sitzfläche spitze Nägel ragten, und entdeckte einen großen Deckenleuchter aus Knochen und Totenköpfen, der ihm bisher nie aufgefallen war. Von seinen Freunden keine Spur.

Der Junge räusperte sich, denn in seiner Kehle saß plötzlich ein Kloß. Schuld daran war der Schreck, der Max ergriffen hatte. Seine Freunde waren tatsächlich von Karla Kätscher gefangen und weggebracht worden.

Obwohl er sich keinen Erfolg davon versprach, rief er noch einmal: »Ha… hallo … ist da keiner?« Die Antwort war gewaltig. Zuerst bekam Max eine kalte Dusche von oben, die ihn völlig durchnässte. Das eisige Wasser rann über seinen Kopf, in den Kragen, über seinen Rücken in die Hose und bei den Schuhen wieder heraus. Gleich darauf kam Leben in den gruseligen Totenkopfleuchter. Die weißen Knochen und bleichen Totenschädel begannen sich zu bewegen. Der Leuchter zerlegte sich vor Max' Augen von selbst. Die Knochen klapperten und tanzten und die Totenköpfe hüpften im Kreis.

»Da… da… das gibt es doch nicht!«, stammelte der Junge und spürte, wie sich die Haare in seinem Nacken aufstellten. »Das … das ist Hexerei … Spuk … Horror!« Max beschloss, so schnell wie möglich zu verschwinden. Aber er kam nicht mehr dazu.

Die Knochen düsten plötzlich durch die Luft und zischten genau auf ihn zu. Max duckte sich, aber es nützte nichts. Sie trommelten auf seinen Kopf und die Totenköpfe mit ihren schwarzen Augenhöhlen grinsten ihn spöttisch an.

Aber damit nicht genug. Die Totenschädel begannen auch noch zu lachen. Ein schrilles Gekicher hallte durch die Geisterbahn. »Nein … aufhören … Hiiiiilfe!«, schrie Max aus Leibeskräften

und fuchtelte mit den Armen wild in der Luft herum.

Da flogen die Türen auf und Frank Steinchen und die Mumie kamen heraus. Beide hatten löchrige Regenschirme aufgespannt und sahen sehr missmutig aus. »Charley, lassen Sie das!«, fauchte Frank Steinchen, Dr. Frankensteins kleiner Bruder.

Max blickte sich suchend um. Mit wem redete er? Es war niemand zu sehen.

»Max, wieso kommen Sie erst jetzt? Wir sind bereits völlig verzweifelt. Einige sind sogar krank!«, meinte Frank vorwurfsvoll.

Jetzt erst wagte es Max, die letzten Sprossen der Leiter in die Höhe zu klettern und seine Füße in die Geisterbahn zu setzen. Es plätscherte unter seinen Schuhsohlen und entsetzt musste er feststellen, dass er im Wasser stand. Max hob den Kopf und sah mehrere Löcher im Geisterbahndach, durch die der Regen hereinkam. Manchmal sammelte er sich auch eine Zeit lang und dann platschte auf einmal eine besonders große Ladung Wasser herunter. Jetzt konnte sich der Junge auch die »Dusche« von soeben erklären.

»Wieso ist Füßchen nicht zu mir gekommen?«, fragte Max. Normalerweise kam Füßchen immer, um ihn zu holen, wenn etwas geschehen war.

»Weil es krank ist. Es hat einen Schlotterkrampf!«, erklärte Frank Steinchen. Zum Beweis holte er das arme Füßchen aus dem Nebenzimmer. Es sah wirklich jämmerlich aus. Irgendjemand hatte es in einen alten Wollschal gewickelt, aus dem nur noch die Zehen hervorguckten. Trotzdem aber zitterte der ganze Fuß wie Wackelpudding in der Kurve.

»Boris hat einen Kurzschluss, Wolfgang Amadeus Werwolf, Baby-Drak und Luzilla niesen wie Nilpferde und Zerbis Köpfe haben alle Husten. Mombo, die Mumie, modert bereits und auch ich spüre die Erkältung durch meine hundertjährigen Knochen kriechen«, sagte Frank Steinchen. »Dies ist keine Geisterbahn, sondern ein Mons-

terkrankenhaus. Und alles nur, weil das Dach abgedichtet werden muss. Doch keiner von uns wagt sich an diese Arbeit. Die Gefahr ist zu groß, dass wir auf dem Dach entdeckt werden.«

Max blickte betreten auf seine nassen Schuhe. Es war nicht seine Schuld, dass er fünf Tage lang nicht kommen konnte. Er war selbst verschnupft gewesen.

Eine andere Tür flog auf und ein lang gezogener Schrei ertönte. Max duckte sich erschrocken und musste im nächsten Moment lachen. Nessina kam aus ihrem Zimmer geschossen und schlitterte vergnügt über den überschwemmten Boden. Sie plantschte im Wasser und freute sich. »Endlich mal fühle ich mich in dieser Bude auch wohl!«, rief sie strahlend. »Ich hoffe, dass das Wasser bald höher steht, dann kann ich end-

lich schwimmen. Die Geisterbahn wird zum Schwimmbad!«

Frank Steinchen und die Mumie warfen ihr strenge Blicke zu. Über ihnen ertönte wieder das hohe, spöttische Kichern. Frank blickte nach oben und schimpfte: »Charley, ich sage es zum letzten Mal: Ruhe!«

Max starrte seinen Freund etwas zweifelnd an. Mit wem redete er da? Wer war Charley?

Der Poltergeist

»Frank Steinchen … habt ihr Besuch?«, fragte Max vorsichtig.

Frankensteins kleiner Bruder verdrehte die Augen und knurrte: »Nein, wir haben jemand Neuen, Charley, einen Poltergeist!«

Max hatte schon von Poltergeistern gehört. Sie warfen mit Sachen, spielten dumme Streiche, ließen Möbel durch die Luft fliegen und klopften und polterten. Aber Max wusste nicht, wie so ein Poltergeist aussah. »Äh … wo ist er?«, wollte er wissen.

Was nun folgte, war schaurig. Baby-Draks Sargdeckel wurde mit einem Knall zugeworfen, der Stuhl mit dem Nagelsitz begann wie ein wildes Pferd über den Boden zu reiten und schob sich gefährlich hinter Max' Hinterteil. Dazu kam noch das Wasser, das plötzlich aus hundert kleinen Springbrunnen in die Höhe spritzte und Max auch von unten durchnässte.

»Ha… habe ich etwas Falsches gesagt?«, stotterte der Junge erschrocken.

Frank Steinchen nickte heftig. »Ja, Charley ist nämlich ein Mädchen-Poltergeist!«, flüsterte er hinter vorgehaltener Hand. »Und Charley ist un-

sichtbar. – Hören Sie, Max, Sie müssen etwas unternehmen. Die Löcher im Dach müssen ausgebessert werden!«, rief er verzweifelt.

Der Junge sah das ein, aber wie sollte er es anstellen? Er war nicht schwindelfrei. Alles drehte sich sofort um ihn, wenn er irgenwo hoch oben stand. Außerdem war er kein Dachdecker. »He, das ist es! Ein Dachdecker muss her!«, rief er. »Er wird das Dach reparieren. Ich laufe sofort nach Hause und rufe einen Dachdecker an. Spätestens morgen sitzt ihr wieder im Trockenen.«

»Das will ich hoffen!«, murmelte Frank Steinchen und nieste heftig. »Denn wenn ich niese, habe ich oft das Gefühl, in alle Einzelteile zu zerfallen. Wie Sie wissen, ist das bei mir möglich. Schließlich bin ich von Dr. Frankenstein erbaut worden!«

Max sah ein, dass er schnell handeln musste. Er verabschiedete sich und rannte durch den Regen nach Hause.

Daheim angekommen stürmte der Junge in die Wohnung von Fräulein Elkegard. Die Nachbarin war für ein Jahr nach Afrika gegangen und Max hatte die Aufgabe übernommen, ihre Pflanzen zu gießen und den dicken, schwarzen Kater zu füttern. Außerdem hatte er die Wohnung in sein »Mietmonster & Co.«-Büro verwandelt.

Vor ein paar Wochen hatte Max eine Anzeige in der Zeitung aufgegeben: »Wollen Sie jemandem eine Gänsehaut verschaffen? Rufen Sie an! ›Mietmonster & Co.‹!« Dazu hatte er Fräulein Elkegards Telefonnummer angegeben.

Wenn jemand die Nummer gewählt hatte, meldete sich der Anrufbeantworter und sagte: »Huuuua, hier ist ›Mietmonster & Co.‹! Wir sind unterwegs und spuken. Falls auch Sie eine Gänsehaut wollen, verschaffen wir sie Ihnen gerne. Bitte sagen Sie, wann Sie uns sehen wollen. Sprechen Sie nach dem Heulton!« Danach hatte Wolfgang Amadeus Werwolf sein schaurigstes Heulen erschallen lassen. Zwei Aufträge hatte »Mietmonster & Co.« schon gehabt: im Kaufhaus von Herrn Grünschädel und im Spukhotel von Hubertus von Hohenhurz*.

Als Max an diesem Vormittag in die Wohnung kam, sah er sofort, dass die kleine rote Lampe des Anrufbeantworters blinkte. Das bedeutete, jemand hatte eine Nachricht hinterlassen. Max spürte sofort, wie sein Herz schneller schlug. Er war ziemlich aufgeregt, denn schließlich war es keine Kleinigkeit, mit zehn Jahren eine eigene Firma zu führen. Noch dazu eine Monstermietfirma!

* Siehe Monsterabenteuer »Gruseln auf dem Stundenplan« und »Ferien im Spukhotel«

»Ich … ich werde gleich anhören, wer angerufen hat«, beschloss der junge Chef von »Mietmonster & Co.«. »Aber zuerst werde ich mit einem Dachdecker reden.« Max suchte die Telefonnummern von Dachdeckern aus dem Telefonbuch und wählte. Bei jedem Gespräch wurde sein Gesicht länger. Durch den Dauerregen waren viele Leute darauf gekommen, dass sie dringend ihr Dach reparieren lassen müssten. Frühestens in einem Monat würde ein Dachdecker zur Geisterbahn kommen.

Was sollte Max jetzt nur machen? Ich muss meinen Monsterfreunden einen trockenen Platz verschaffen. Aber wo?, überlegte er.

Um auf andere Gedanken zu kommen, drückte er die Abspieltaste des Anrufbeantworters. Das Band wurde zurückgespult und danach hörte er eine etwas quietschende, nicht sehr freundliche Stimme. »Ich bin Theo Talermann und brauche das schrecklichste Monster, das Sie haben. Rufen Sie sofort zurück, zack, zack! Ich warte nicht gerne!«

Max runzelte die Stirn. Das war kein Erwachsener. Das war ein Junge wie er. Aber wieso war der Kerl so hochnäsig? Er redete wie ein superstrenger Oberlehrer. Auf einem Zettel notierte Max die Rückrufnummer. Aber zum Telefonieren

blieb ihm jetzt keine Zeit, denn er musste dringend zum Mittagessen. Bestimmt wartete seine Mutter schon ungeduldig auf ihn.

Die Wohnung der Familie Müller lag nur einen

Stock höher. Immer zwei Stufen auf einmal nehmend, lief er hinauf und betrat fröhlich das Vorzimmer. »Hallo, ich bin wieder daaa!«, rief er.

»Dann komm sofort ins Wohnzimmer!«, meldete sich sein Vater.

Max erschrak. Wenn die Stimme seines Vaters diesen Klang hatte, bedeutete das meistens etwas Fürchterliches. Wissen sie, dass ich heimlich »Mietmonster & Co.« betreibe? Haben sie von den Monstern erfahren? Jemand hat mich auf dem Weg zur Geisterbahn gesehen! All diese Gedanken sausten wild durch seinen Kopf.

»Wo bleibst du? Wird's bald!«

Max begann zu schwitzen. Puh, ihm standen schwere Minuten bevor. Er musste mit dem Schlimmsten rechnen.

Dodos Rache

Mit eingezogenem Kopf schlich Max ins Wohnzimmer. Wie zwei wütende, Feuer speiende Drachen standen seine Eltern neben dem großen Glastisch. Sie hatten die Hände in die Hüften gestemmt und ihre Augen funkelten böse. Es musste etwas Schauderhaftes geschehen sein.

»Wie oft haben wir dir schon gesagt, dass du dich mit deiner Schwester vertragen sollst?«, knurrte Herr Müller.

Max schluckte. Halt, wovon redeten sie? Er hatte seit mindestens drei Wochen keinen Streit mehr mit Dodo gehabt.

»Wieso hinderst du sie daran, wenn sie mir ein wenig beim Putzen helfen will?«, fauchte Frau Müller.

Max sah sie an, als würden sie Chinesisch reden. »Äh … was?« Mehr brachte er nicht heraus.

»Sie hat uns alles erzählt, obwohl sie dich nicht verpetzen wollte. Das arme Mädchen war völlig verzweifelt!«, fuhr sein Vater fort. Max hatte noch immer keine Ahnung, worum es ging. »Als deine Mutter einkaufen und ich im Büro war, hast du heimlich ferngesehen. Obwohl du weißt, dass wir das nicht dulden. Dodo, die liebe Dodo, wollte

deine Mutter überraschen und im Wohnzimmer ein wenig Staub saugen. Du hast sie beschimpft, und als sie trotzdem weitergesaugt hat, da hast du dein Skateboard nach ihr geworfen. Zum Glück hast du Dodo nicht getroffen. Dafür aber unseren Glastisch!« Herr Müller deutete auf den Tisch und jetzt sah Max die Bescherung. Die Glasplatte war in der Mitte durchgebrochen.

»Äh … aber … das war ich nicht!«, piepste Max und ärgerte sich über sich selbst. Er war es wirklich nicht gewesen und trotzdem klang seine Stimme schuldbewusst und ganz leise.

Frau Müller schnaubte aufgebracht. »Jetzt auch noch lügen! Max, ich bin enttäuscht von dir. Du gehst jetzt in dein Zimmer und dort bleibst du bis zum Abend. Du wirst einen Aufsatz schreiben. Thema: ›Wieso ich zu meiner großen Schwester nett sein muss‹. Außerdem hast du eine Woche Hausarrest und Taschengeld gibt es vier Wochen lang auch keines. Der Tisch hat sehr viel gekostet!«

Max traute seinen Ohren nicht. Was sollte das? Er war unschuldig. Dodo, diese Schlange, hatte das alles nur erfunden.

Hinter ihm ertönte ein lautes Schniefen. Jemand schnäuzte sich geräuschvoll und wimmerte etwas von: »So gemein … so gemein!«

Max drehte sich um und sah seine große Schwester in der Tür stehen. Sie starrte ihren Bruder aus roten Augen vorwurfsvoll an und schlich mit hängendem Kopf zu den Eltern. Herr und Frau Müller nahmen sie in die Mitte und legten tröstend die Hände auf ihre Schultern. »Entschuldige dich jetzt bei Dodo!«, verlangten sie von Max.

Dodo, die mit dem Rücken zu den Eltern stand, zeigte Max unter dem Taschentuch eine lange Nase und schnäuzte sich gleich darauf wieder. Sie hatte die Schuld auf Max geschoben und freute sich nun diebisch über ihre Rache. Hämisch grinste sie ihn an und streckte auch noch die Zunge heraus.

»Wird's bald! Entschuldige dich!«, forderte Herr Müller.

»Ich … ich … niemals!«, sagte Max trotzig.

»Dann hast du ab jetzt *zwei* Wochen Haus-

arrest und jeden Tag Küchendienst!«, tobte seine Mutter.

Max wusste, dass es besser war zu verschwinden. Er lief in sein Zimmer und schloss die Tür ab.

Verzweifelt warf er sich auf sein Bett und heulte in das Kopfkissen. Max heulte vor Wut und Zorn über Dodo und seine Eltern. So eine himmelschreiende Ungerechtigkeit! Wieso glaubten sie dieser Schlange jedes Wort und ihm nichts? Nur weil er der Kleine war? Max trommelte mit den Fäusten auf das Bett. Was sollte er jetzt machen? Er musste sich um die erkälteten Monster kümmern und diesen Theo Talermann anrufen. Unter keinen Umständen konnte er in seinem Zimmer herumsitzen oder diesen dämlichen Aufsatz schreiben. Halt, Moment mal! Wer hat den Glastisch wirklich zerbrochen? Ob Dodo das absichtlich getan hat, um die Schuld dann auf mich zu schieben?, überlegte Max. Nein, für so gemein hielt er sie auch wieder nicht. Aber vielleicht ist es ihr einfach passiert. Möglicherweise hat sie sich drauf gesetzt und der Tisch ist eingebrochen, weil sie so schwer wie ein Nilpferdbaby ist. Bei diesem Gedanken konnte er sogar wieder ein bisschen lachen.

Max hatte vor einiger Zeit einen Film im Fernsehen gesehen, in dem ein Mann verdächtigt wurde, wertvolle Diamanten gestohlen zu haben. Um seine Unschuld zu beweisen, hatte der Mann den echten Dieb gesucht und der Polizei ausgeliefert. Genau das würde er jetzt auch machen! Aber wie?

Jemand rüttelte an seiner Türklinke. »Max, mach auf!«, rief Dodo. Der Junge presste die Lippen zusammen und schwieg. »Mutti, Max ist nicht in seinem Zimmer. Bestimmt ist er aus dem Fenster geklettert. Das hat er schon einmal getan. Ich weiß es!«, schnatterte die große Schwester.

Augenblicklich erschien auch seine Mutter vor der Tür und klopfte heftig. »Max, schließ auf der Stelle auf!«, verlangte sie.

»Nein ... ich ... muss den Aufsatz schreiben«, knurrte er missmutig.

»Er ist doch im Zimmer, was redest du da schon wieder?«, hörte Max seine Mutter sagen. »Lass ihn in Frieden, Dodo. Er soll in Ruhe über seine böse Tat nachdenken können.«

Frau Müller verschwand in Richtung Küche, um das Mittagessen fertig zu kochen.

Dodo bückte sich und zischte durchs Schlüsselloch: »Ich werde jede halbe Stunde anklopfen, und wenn du dich nicht meldest, hole ich Mutti.

Wegschleichen kannst du dich diesmal nicht, Winzling!«

Max wollte losschimpfen, ließ es dann aber bleiben. Mist, Dodo ist wirklich ein ausgekochtes Schlitzohr. Sie kennt alle meine Tricks. Ich wollte wirklich aus dem Fenster und die Regenrinne runterklettern, dachte der Junge. Das war jetzt unmöglich. Max war in seinem Zimmer gefangen. Verzweifelt starrte er in den Regen hinaus. Es schüttete immer heftiger. Was für ein wirklich schrecklicher Tag!

Der reichste Junge der Welt

Eine geschlagene Stunde saß Max vor dem Fenster und starrte in den Regen hinaus. Er war ratlos, verzweifelt und wütend. Außerdem hatte er Hunger und in seiner Schatzkiste unter dem Schrank lag nur noch ein halber Schokoriegel. Davon wurde er nicht satt.

Die Regentropfen rannen über die Fensterscheibe und Max konnte die Bäume, die Häuser und die Straßenlaternen nur noch verschwommen sehen.

Plötzlich sauste etwas Längliches, Lilafarbenes über das Glas und wischte einen schmalen Streifen frei.

Gleich darauf schlug das Ding wieder zu und klatschte gegen die Scheibe. Erschrocken sprang Max vom Fenster weg. Was war das?

»Huhu, Max!«, flötete eine Stimme von draußen. Hinter dem Guckloch wurde das lachende, grüne Gesicht von Nessina sichtbar. Das lilafarbene Ding war ihre Zunge gewesen, mit der sie die Scheibe abgeleckt hatte.

Max riss sofort das Fenster auf. Das Monster war an der Regenrinne hochgeklettert und hatte sich auf das Fensterbrett geschwungen. Dort klammerte es sich an den Blumenkästen fest, in die Max Fleisch fressende Pflanzen gesetzt hatte, die aber höchstens ab und zu eine Fliege verspeisten.

»Nessina … wa… wa… was machst du da?«, fragte Max leise.

»In der Geisterbahn ist es so langweilig. Alle niesen nur oder husten und jammern vor sich hin. Deshalb bin ich dich besuchen gekommen. Auf der Straße ist ohnehin kein Mensch, es bestand also keine Gefahr, dass mich jemand sieht!«

Max machte eine einladende Handbewegung und das grüne Monster sprang mit Schwung in das Zimmer. Dort angekommen schüttelte sich Nessina erst einmal kräftig wie ein Hund.

»He, Vorsicht!«, bremste Max sie.

»Entschuldigung«, murmelte das Seemonster und blickte betreten zu Boden. Von seinen Füßen rann das Regenwasser in dicken Tropfen und bildete eine große Pfütze. Nessina grinste verlegen und Max reichte ihr seinen Bademantel. »Da … zum Abtrocknen!«

Schnell schlüpfte Nessina hinein und blickte Max erwartungsvoll an. »Und, was spielen wir jetzt?«

Der Junge seufzte und erzählte, was Dodo ihm angetan hatte.

Wieder klopfte es an seiner Tür. »Max, wie geht es dir?«, zwitscherte Dodo spöttisch.

»Das ist sie … Dodo, der Drachen!«, flüsterte Max.

Nessina gab ihm ein Zeichen, still zu sein, spitzte die Lippen und flötete: »Bestens, Schwesterherz!« Max starrte das Seemonster verdutzt an. Das war seine Stimme. Nessina konnte sie großartig nachmachen.

»Wir hatten Pfannkuchen zum Mittagessen und sie waren leeeeecker!«, säuselte Dodo, damit Max das Wasser im Mund zusammenlief.

Nessina antwortete mit Max' Stimme: »Pfannkuchen mit Konfitüre?«

Dodo kicherte: »Ja, mit leckerer, roter Erdbeerkonfitüre!«

»Erdbeermarmelade mit Fruchtstückchen?«, erkundigte sich Nessina.

»Jaaaaa!«, schwärmte Dodo.

»Das waren aber keine Fruchtstückchen, sondern Feuerwanzen und rote Blattläuse, die ich in die Marmelade gemischt habe!«, verkündete Nessina. Dodo war einen Augenblick sprachlos. Sie überlegte, ob ihr kleiner Bruder zu einer so schrecklichen Tat fähig war. »Und ein Regenwurm ist auch dabei!«, fügte Nessina hinzu. Von draußen war nur noch ein Würgen zu hören.

»Das … das ist gelogen«, stotterte sie.

»Ist es nicht«, rief das Seemonster.

»Ääääää!«, stöhnte Dodo und zog ab. Auch wenn Max gerade gelogen haben sollte, schon der Gedanke an diese Scheußlichkeiten verursachte ihr Magenkrämpfe.

Max und Nessina kicherten los. »Die hast du toll drangekriegt!«, gratulierte der Junge. Und dann hatte er eine Idee. »He, wenn du meine Stimme so gut nachmachen kannst, dann bleib doch bitte hier. Falls Dodo wieder klopft, sag irgendeinen Quatsch. Ich werde in der Zwischenzeit ein trockenes Plätzchen für die anderen Monster suchen.«

Nessina war sofort einverstanden und warf sich auf Max' Bett. Der Junge schlüpfte in eine Jeansjacke und wollte schon beim Fenster hinausklettern, als ihm noch etwas einfiel: »Sag mal, Nessina, kannst du schreiben?«

Nessina nickte. »O ja, warum fragst du?«

»Ich soll zur Strafe einen Aufsatz schreiben: ›Wieso ich zu meiner großen Schwester nett sein muss‹. Kannst du das vielleicht übernehmen?« Das Seemonster war sofort einverstanden und Max gab ihm Papier und Füller. Danach kletterte er aus dem Fenster. Auf dem Gehsteig angekommen, machte er sofort wieder kehrt und lief ins Haus zurück. Er musste in sein »Büro« und diesen Theo Talermann endlich anrufen.

Aus einer Schublade kramte er das rote Kästchen heraus, mit dem er seine Stimme erwachsen

klingen lassen konnte. Danach wählte er die Nummer und hielt das Gerät vor den Hörer.

»Hier ist der Wohnsitz der Familie Talermann!«, meldete sich eine hochnäsige Stimme.

»Hier ›Mietmonster & Co.‹ Ich soll Theo Talermann anrufen!«, sagte Max.

Die Stimme am anderen Ende hüstelte und näselte weiter: »Einen Augenblick, ich werde Sie mit dem jungen Herrn verbinden. Aber ich warne Sie, er hat schlechte Laune.« Es knackte und einige Sekunden verstrichen.

»Na endlich, was bilden Sie sich ein!«, keifte eine Jungenstimme los. Es musste sich um Theo Talermann handeln

»Was können wir für Sie tun?«, fragte Max und versuchte höflich zu klingen.

»Kommen Sie her, dann sage ich es Ihnen!«, befahl Theo Talermann.

»Äh ... herkommen ... das ist schwer möglich. Ich kann das Büro nicht verlassen«, stotterte Max. Denn niemand durfte erfahren, dass er der Direktor von »Mietmonster & Co.« war.

»Wenn Ihnen der reichste Junge der Welt befiehlt zu kommen, dann sollten Sie das besser tun«, drohte Theo.

Bei Max fiel der Groschen. Na klar, über diesen Theo Talermann hatte er schon einmal etwas im Fernsehen gesehen. Theo war genauso alt wie er selbst und hatte viele Millionen geerbt.

Max hatte eine Idee. »Ich kann nicht kommen, aber ich werde meinen Sohn schicken!«, sagte er mit seiner erwachsenen Stimme.

»Von mir aus, Hauptsache, er verschafft mir die schrecklichsten Monster, die Sie haben. Ich brauche sie für etwas sehr, sehr Wichtiges!« Er nannte Max seine Adresse und legte grußlos auf. Max beschloss, sich sofort auf den Weg zu machen. Auf diesen Theo Talermann war er gespannt.

Unternehmen Schwesternschreck

Mit dem Bus fuhr Max zu der Adresse, die ihm der reichste Junge der Welt genannt hatte. Das Haus, in dem Theo lebte, befand sich am Stadtrand und entlockte Max die Bemerkung: »Irrer Schuppen! Alle Achtung!«

Es handelte sich um einen dreiunddreißig Stockwerke hohen Turm, dessen Außenseite nur aus Spiegeln bestand. Vor dem Gebäude zählte Max einundzwanzig verschiedene Wagen, von denen einer schnittiger und teurer war als der andere. Auf dem Dach des Turmes parkten drei Helikopter.

Max lief unruhig vor dem Hochhaus auf und ab und spielte nervös mit seinen Fingern. Er wagte nicht einzutreten. Er kam sich so winzig und dumm vor. »Du musst ... du musst ... du musst es schaffen!«, sagte er immer wieder und drehte sich in Richtung Eingang. Gleich darauf verließ ihn wieder der Mut und er machte kehrt. »He ... was soll's! Dieser Theo Talermann hat das dickste Sparschwein der Welt, das ist aber auch schon alles. Sonst ist er ein normaler Mensch, dem manchmal heiß und manchmal kalt ist. Aufs Klo muss er auch wie jeder andere gehen. Vor dem

musst du dich nicht fürchten!«, sprach er sich abermals Mut zu.

Diese Gedanken wirkten. Er holte tief Luft und marschierte mit erhobenem Kopf in die Halle. Dort war alles aus weißem Marmor und der Boden war von einem roten Teppich bedeckt, in dem seine Schuhe versanken. Ein Mann in Uniform stellte sich ihm in den Weg und fragte barsch: »Wohin willst du denn, Kleiner?«

Max wollte sofort wieder verschwinden. Sein Herz raste und seine Hände waren schweißnass. Immer diese Angst! Nein, du bleibst. Los, sag was!, befahl er sich selbst. »Ich komme von … ›Mietmonster & Co.‹ Herr Talermann hat mich um diesen Besuch gebeten!«, erklärte Max. Puh, das hatte er gut gemacht. Er war stolz auf sich.

Der Typ in Uniform war mit einem Mal gar nicht mehr bissig: »Wenn Sie mir bitte folgen, ich bringe Sie zu dem jungen Herrn!«

Erst jetzt fielen Max die riesigen Stofftiere in der Halle auf. Bestimmt kostete jedes von ihnen so viel wie ein ganzer Spielzeugladen.

Mit dem Lift fuhren sie in den obersten Stock, wo sie von einem Mann im schwarzen Frack erwartet wurden. »Ich kündige Sie sofort beim jungen Herrn an«, näselte er und musterte Max vom

Kopf bis zu den nassen Sportschuhen. Er rümpfte die Nase und verschwand dann.

Während er wartete, sah sich Max ein wenig um. Er befand sich in einer Art Wohnzimmer, das die Größe eines Turnsaals hatte. Überall standen riesige, weiße Polstermöbel herum, die aber schmutzig und fleckig waren. Dazwischen lagen hunderte Spielsachen: ferngesteuerte Autos, Computerspiele, Fußbälle, Roboter und Rollschuhe.

Am anderen Ende des Raumes flog eine Tür auf

und ein kleiner Mann erschien. Erst beim zweiten Blick erkannte Max, dass es sich um einen Jungen handelte. Theo Talermann sah wie der Direktor einer großen Firma aus, der beim Waschen geschrumpft war. Er trug einen sehr feinen dunklen Anzug mit dünnen, weißen Streifen, teure Lederschuhe, ein weißes Hemd und einen langweiligen Schlips. Sein Haar war fein säuberlich gescheitelt und mit Haaröl an den Kopf geklebt. Ein bisschen erinnerte er Max an seinen Freund Frank Steinchen.

In der Hand hielt Theo ein Glas mit einer dunkelbraunen Flüssigkeit, die Max aus der Hausbar seiner Eltern kannte. Trank der reichste Junge der Welt vielleicht Whisky?

»Ich brauche ein Monster, nein, zwei, oder noch besser drei!«, sagte der Junge, ohne zu grüßen. »Was hast du anzubieten, Kleiner?«

Max wurde zornig. Von jemandem, der genauso alt und genauso groß war wie er, ließ er sich nicht »Kleiner« nennen. »Mein … mein … Name ist Max Müller!«, stieß er mühsam hervor.

Theo Talermann blickte ihn erstaunt an. »Na und?«

»Ich bin kein Kleiner!«, keuchte Max. Bestimmt würde ihn dieser großkotzige Kerl hinaus-

werfen, aber das war ihm auch gleich. Er ließ sich nicht von einem Gleichaltrigen so von oben herab behandeln.

»Äh … Max … jaja«, stotterte Theo und wurde sofort ein bisschen freundlicher. Plötzlich ließ er das Glas einfach auf den weißen Teppich fallen und sagte: »Ich mag keine Cola mehr. Bringt mir Melonensaft!«

Sofort kam der Diener im Frack, bückte sich und wischte den Fleck vom Boden weg. Max konnte sehen, wie wütend er über Theo war, doch er sagte nur: »Wie Sie es wünschen, junger Herr!«

Theo Talermann versetzte dem älteren Mann einen Fußtritt und schrie: »Aber dalli!«

Max rechnete damit, dass der Butler Theo jetzt eine klebte. Aber das Gegenteil war der Fall. Er verneigte sich sogar und murmelte: »Selbstverständlich, junger Herr!«

Max war entsetzt. Wie konnte dieser Junge so widerlich sein? Nein, der bekam kein Monster. Der war selbst ein Ungeheuer. Er wollte sofort gehen und wandte sich zum Lift.

»Ich mache es kurz: Ich brauche das Monster, um meine Schwester zu erschrecken!«, verkündete Theo Talermann.

Boing! Dieser Satz hielt Max von seinem Entschluss zurück.

»Du hast eine große Schwester?«

Der reichste Junge der Welt nickte. »Schreckliches Exemplar. Meckert und nörgelt den ganzen Tag an mir herum. Deshalb will ich mich an ihr rächen. Aber ich warne dich, wenn das Monster sie nicht wirklich erschreckt, dann werde ich diese ›Mietmonster‹-Agentur überall schlecht machen. Wenn es aber klappt, dann winkt das!« Er zog ein Bündel Banknoten aus seiner Hosentasche.

Max fielen fast die Augen aus dem Kopf. So viel Geld auf einem Haufen hatte er noch nie gesehen. Das reichte bestimmt, um die grüne Geisterbahn endlich zu kaufen, damit die Monster nie wieder fortmussten. Sicherlich konnte er damit auch das Dach reparieren lassen.

»Was ist? Wann lieferst du das Monster?«, fragte Theo Talermann ungeduldig.

Max sah nur noch das Geld und krächzte heiser: »Äh ... ja ... bald ... aber ich muss das schaurigste aussuchen!«

Der Junge gab ihm Recht. »Am besten, du testest sie vorher!«

Max' Augen leuchteten auf. Testen ... das war es. Ihm war eine Idee gekommen, die ihn vor Freude ganz zittrig machte. »In drei Tagen bekommst du das Monster, das für den Schwesternschreck am besten geeignet ist!«, versprach er.

»Gut so, du kannst wieder gehen!«, sagte Theo Talermann und drückte auf eine Fernsteuerung. Sofort öffnete sich die Lifttür.

Max verabschiedete sich, aber der andere Junge war schon damit beschäftigt, mit dem Fuß gegen herumliegende Spielsachen zu treten. Diese flogen durch die Luft und zertrümmerten zwei Vasen, eine bunte Stehlampe und einen Glastisch. Der Diener kam und sagte nur mit zusammengebissenen Zähnen: »Ich werde sofort wieder alles in Ordnung bringen!«

Max seufzte. Dieser Theo durfte anstellen, was er wollte, und niemand schimpfte mit ihm! Auf der Fahrt nach unten malte er sich vergnügt aus, was er nun machen wollte. »Unternehmen ›Schwesternschreck‹ läuft an«, rief er ausgelassen.

Die Monster ziehen um

Der nächste Weg führte Max zur grünen Geisterbahn. Dort stand das Wasser bereits knöchelhoch! Baby-Drak verwendete einen Sarg als Boot und paddelte mit einer Totengräberschaufel um-

her. »Ich muss alles ins Trockene bringen«, sagte er zu Max. »Die anderen sind einen Stock höher im blutroten Zimmer. Das ist der letzte trockene Platz in dieser Bude.«

»Ihr müsst hier nicht bleiben. Ich habe einen besseren Ort gefunden!«, sagte Max und lief die schräge Bahn nach oben, über die früher die kleinen Wagen der Geisterbahn gefahren waren. Sie wurde von einigen Kerzen erhellt, deren Ständer der Werwolf aus Knochen geschnitzt hatte.

Max hatte diesen Weg noch nie zuvor betreten

und musterte neugierig die weißen Tücher an der Decke. »O nein!«, flüsterte er und schluckte. Dort hingen riesige, wollige Spinnennetze, in denen dicke, schwarze Spinnen hockten.

Vergiss die Spinnen, die sind bestimmt nur aus Pappe und Wolle gemacht, sagte Max zu sich und stapfte tapfer mit großen Schritten in den Oberstock.

»Hallo!«, begrüßte er seine unheimlichen Freunde, die sich in einer kleinen Kammer drängten, die blutrot ausgemalt war. Früher hatten die Geisterbahnbesucher hier den Tanz von wilden Teufeln beobachten können. Heute saßen darin sieben Monster, die sehr jämmerlich aussahen. Alle waren in Decken und Schals gewickelt, husteten und niesten und hatten noch rötere und verquollenere Augen als sonst.

»Hallo!«, röchelten und krächzten sie heiser. »Bitte sprich lauter, sonst verstehen wir dich nicht!«

»Wie geht es meinen Wolfsspinnen?«, fragte Wolfgang Amadeus, der Werwolf. »Sind sie wohlauf?«

Max spürte, wie seine Knie weich wurden. Im Gang lebten Wolfsspinnen, die giftigsten Spinnen der Welt! »Sie sind … okay!«, antwortete er. »Aber sag, sind sie bissig?«

Der Werwolf schüttelte den zottigen Kopf. »Nein, nur manchmal.«

»Was … was machst du mit den Spinnen? Sind das deine Haustiere?«, fragte Max mit zittriger Stimme.

»Ja … das heißt, nein. Ich veranstalte mit ihnen im langen Gang Wettrennen. Die Spinne, die gewinnt, bekommt eine Belohnung. Soll ich dir sagen, welche?« Max winkte ab und hoffte, dass die Spinnen keine Lust auf einen Wettlauf haben würden, wenn er nachher wieder gehen wollte.

»Ich habe gute Neuigkeiten für euch«, verkündete er dann laut. »Ihr könnt in das Haus einziehen, in dem ich wohne. Dort gibt es eine trockene Wohnung, wo ihr bleiben könnt.«

Max hatte sich großen Jubel erwartet, aber die Monster waren von der Idee nicht sonderlich begeistert. »Max, Sie wissen, dass wir uns nur hier vor Karla Kätscher sicher fühlen!«, meinte Frank Steinchen.

Max nickte. »Weiß ich, aber in der Wohnung vermutet sie euch auch nicht und es wird noch eine Weile dauern, bis das Dach repariert ist.«

Gleich darauf berichtete der Junge von dem neuen Auftrag und teilte den Monstern Idee Nummer zwei mit: »Um herauszufinden, wer von euch eine große Schwester am besten erschrecken kann, werdet ihr nacheinander an Dodo getestet. Deshalb ist die Wohnung von Fräulein Elkegard so gut. Von dort müsst ihr nur die Regenrinne hochklettern oder über die Treppe kommen und schon könnt ihr über Dodo herfallen.«

Die Monster überlegten und nickten schließlich. Sie waren alle zu sehr erkältet, um gegen Max' Pläne zu protestieren.

»Kommt in der Nacht, Füßchen kennt den Weg. Und bitte zieht die Verkleidungen an, die ich euch einmal gebracht habe«, schärfte der Junge seinen Freunden ein.*

»Am besten, ihr brecht erst nach Mitternacht auf, da ist kaum noch jemand unterwegs.«

»Aber Charley bleibt hier. Ihr macht die Nässe nichts aus!«, entschied die Mumie.

Augenblicklich knallte und krachte es im Raum, als würde jemand von außen mit sieben schweren Eisenhämmern gegen die Wände schlagen. »Nein, nein, nein, ich will mit!«, protestierte der Poltergeist und polterte noch lauter.

Erst jetzt fiel Max etwas auf: Alle Monster hatten sich die Ohren mit Watte zugestopft. Deshalb hörten sie so schlecht.

»Ich halte diesen Krach nicht mehr aus«, stöhnte Mombo und wickelte sich einen Schal um den Kopf.

Wieder ertönte Charleys schrilles Kichern, das

* Siehe »Das Geheimnis der grünen Geisterbahn« und »Gruseln auf dem Stundenplan«

einem durch Mark und Bein ging. »Ihr seid uralte Langweiler! Ihr versteht nicht einmal ein bisschen Spaß«, rief der unsichtbare Geist und riss allen gleichzeitig die Watte aus den Ohren. Sie formte daraus ein schneeballförmiges Ding, das sie wie einen Kugelblitz durch das rote Zimmer sausen ließ.

Frank raunte Max zu: »Bitte tun Sie etwas. Lassen Sie sich etwas einfallen.«

Der Junge grinste verlegen. Schließlich kam ihm aber eine Idee. »Hör mal, Charley …«, begann er.

Der Poltergeist lauschte und war – zur großen Überraschung aller – einverstanden. Zum Dank klopfte Bibber-Boris Max so heftig auf die Schulter, dass dieser durch den Holzboden brach und bestimmt abgestürzt wäre, hätten ihn Wolfgang Amadeus und Mombo nicht in letzter Sekunde an den Armen gepackt und zurückgehalten.

Max mochte seine Monsterfreunde sehr, doch manchmal konnten sie sehr anstrengend sein. Er wollte deshalb schnellstens nach Hause. Es gab aber noch einen zweiten Grund: Er konnte sich nicht den ganzen Nachmittag von Nessina vertreten lassen. Vielleicht wollte ihn seine Mutter sehen, und was dann? Hoffentlich hatte das grüne Seeungeheuer in seinem Übermut nicht

die Zimmertür aufgesperrt. Dann benötigte seine Mutter bestimmt eine ganze Schachtel Baldrianpillen zur Beruhigung. Hastig verabschiedete er sich und rannte heim.

Finstere Pläne

Im Monsterzirkus von Karla Kätscher war die Stimmung an diesem Tag besonders schlecht. »Wir müssen zusperren, wenn wir nicht endlich die echten Monster bekommen. Kein Mensch will unsere Schau mehr sehen!«, kreischte Frau Kät-

scher. Die Leute, die bisher in den langweiligen Monsterkostümen aufgetreten waren, hatten alle gekündigt, weil Karla Kätscher sie nicht mehr bezahlte. Im Zirkus waren nur sie und ihr Helfer Adonis Amselhirn zurückgeblieben.

»Adonis, Sie sind wirklich der dümmste Schrumpfkopf, der mir je untergekommen ist!«, keifte Karla Kätscher. »Sie waren mehrere Male nahe an den Monstern und jedes Mal sind sie Ihnen durch die Lappen gegangen. Wie konnte das geschehen?« Adonis Amselhirn zuckte ratlos mit den Schultern.

»Stehen Sie nicht so blöd herum! Tun Sie endlich etwas! Beim letzten Mal haben Sie behaup-

tet, die Monster wären in einer alten, grünen Geisterbahn. Als ich hinkam, war von Monstern keine Spur!«, schimpfte Karla Kätscher.

»Aber sie waren dort. Ich habe sie selbst gesehen!«, warf Adonis ein, doch seine Chefin winkte bloß ungläubig ab.

»Dann haben Sie mich in dieses Spukhotel geschleppt, doch auch dort war nur eine Horde lärmender Jugendlicher und kein einziges Monster!«*

Wieder wollte Adonis etwas sagen, aber seine Chefin ließ ihn nicht. »Ich werde die Sache ab jetzt selbst in die Hand nehmen!« Allerdings hatte Karla Kätscher keinen blassen Schimmer, wie sie den Monstern auf die Spur kommen sollte. »Es muss mir gelingen!«, knurrte sie. »Es muss, es muss, es muss!« Doch wo sollte sie anfangen zu suchen?

»Vielleicht ist Adonis doch nicht so dämlich, wie ich dachte«, überlegte sie. »Diese Geisterbahn werde ich mir mal genauer anschauen.«

* Siehe »Ferien im Spukhotel«

Nessinas Aufsatz

Als Max vor dem Haus ankam, in dem er wohnte, bog sein Vater gerade mit dem Auto um die Ecke. Schnell ging der Junge hinter einer Straßenlaterne in Deckung. Über seinem Kopf wurde ein Fenster aufgerissen und eine hohe Stimme rief flehend: »Max, schnell! Komm herauf!« Der Junge blickte hinter der Säule hervor und sah oben an seinem Fenster Nessina stehen. »Deine Mutter schlägt bald die Tür ein, wenn sie dich nicht zu sehen bekommt!«

Mit Schwung stieg Herr Müller aus dem Auto und sah zu den Fenstern seiner Wohnung empor. »W... w... was ist das?«, stammelte er, nahm seine Brille ab und putzte sie nervös. Das war doch nicht möglich! Er hatte am Fenster seines Sohnes ein grünes Monster gesehen.

Max schickte hinter seiner Laterne ein Stoßgebet zum Himmel: »Bitte, bitte, lass ihn Nessina nicht entdecken!«

Sein Vater setzte die Brille wieder auf und warf einen zweiten Blick nach oben. Das Seeungeheuer stand noch immer dort und rief: »Max... Max... wieso versteckst du dich vor mir?«

Herr Müller begann am ganzen Körper zu zittern. In seiner Wohnung befand sich ein Ungeheuer! Er musste seine Familie retten. Mit riesigen Schritten rannte er ins Haus.

Kaum war das Tor hinter ihm zugefallen, raste Max aus seinem Versteck und kletterte in Rekordzeit an der Regenrinne nach oben. Er schwang sich in sein Zimmer und flüsterte: »Bist du verrückt, Nessina? Der Typ ist mein Vater. Er wird gleich da sein. Hau ab!«

Das Seemonster nickte und sagte hastig: »Jajaja, aber lass dir etwas Gutes einfallen, Mäxchen. Deine Mutter und deine Schwester stehen seit über einer Stunde vor der Tür und wollen herein. Ich habe einige Tricks anwenden müssen, um sie zu beruhigen.« Mit diesen Worten verschwand das Ungeheuer im Regen.

Max hörte, wie die Wohnungstür aufgesperrt wurde und sein Vater in die Diele stürzte. »Wo ist es? Hat es euch etwas getan?«, schrie er

»Wer … was?« Frau Müller und Dodo verstanden nicht, wovon Herr Müller redete.

»In Max' Zimmer … ein Monster!«, stammelte der Vater und trommelte mit beiden Fäusten gegen die Kinderzimmertür. »Max … lebst du noch?«

Der Junge schlüpfte schnell in trockene Sachen, schleuderte das nasse Zeug unters Bett und frottierte sein Haar ab. »Äh … was … was ist denn?«, fragte er unschuldig und schloss auf.

Dodo und seine Eltern stolperten herein und sahen sich suchend um. »Wo ist es?«, rief sein Vater.

Max blickte ihn mit großen Augen an und sagte: »Was denn, Papa?«

Sein Vater raste kreuz und quer durch das Zimmer, riss alle Schränke auf und kratzte sich schließlich ratlos am Kopf. »Ich … ich habe es gesehen«, murmelte er immer wieder.

»Sind in diesem Haus alle verrückt geworden?«, schnaubte Frau Müller.

»Wieso verrückt?«, wollte Max wissen. Er ahnte etwas. Bestimmt hatte Nessina seiner Mutter einige haarsträubende Antworten gegeben.

»Wieso hast du behauptet, du könntest nicht öffnen, weil du auf dem Stuhl festklebst? Und was ist ein ›D-Tag‹, an dem du niemanden ansehen darfst, dessen Name mit D beginnt?«

Max schluckte. Puh, wie sollte er auf diese Fragen antworten? Nessina hatte wirklich ganze Arbeit geleistet.

Dodo stemmte die Hände in die Hüften und fragte wie eine Oberlehrerin: »Hast du den Strafaufsatz geschrieben, Winzling?« Max blieb gelassen. Dodo würde ihre Strafe früh genug bekommen, wenn die Monster das Unternehmen Schwesternschreck begannen.

Dann drehte und wand er sich ratlos. Verdammt, der Aufsatz. Hatte Nessina ihn schreiben können? Ja, da lag er, in wunderschöner Schrift und drei Seiten lang. Max reichte ihn seiner Mutter.

»*Wieso ich zu meiner großen Schwester nett sein muss*«, las seine Mutter vor. »*Das ist eine gute Frage. Wieso muss ich zu Dodo nett sein? Wahrscheinlich nur deshalb, weil sie in ihrem Oberstübchen nur Spinnweben und keine Grübelzellen hat. Zu jemandem, der plemplem ist, muss man nett sein! Aber wahrscheinlich muss ich zu ihr auch nett sein, weil sie hässlicher als eine Sumpfwarzenkröte ist und alle Jungen schreiend davonlaufen, wenn sie Dodo sehen …*«

Max' Mutter ließ die Blätter sinken und blickte ihren Sohn strafend an. »Das war's dann. Hausarrest bis zum Ende der Ferien, jeden Tag Küchendienst und kein Taschengeld!«, sagte sie leise.

Max sah, wie sich Dodo ganz fest in den Arm kniff, damit ihr die Tränen kamen. »Das ist so gemein«, schluchzte sie.

Frau Müller zerriss den Aufsatz und keuchte: »Jetzt brauche ich Baldrianpillen. Die Aufregung mit diesem Kind ist zu viel für mich!«

Auch Max' Vater war außer sich. »Schäm dich, Max!«, sagte er vorwurfsvoll. Ich bin enttäuscht von dir.

Im Gänsemarsch zogen sie aus seinem Zimmer ab. An der Tür drehte sich Dodo noch eimal um und streckte Max die Zunge raus. Der funkelte sie wütend an. Sie würde sich noch wundern!

Poltern in der Geisterbahn

Um ein Uhr in der Nach klopfte Füßchen bei Max ans Fenster. Der Junge war sofort hellwach und öffnete ihm. Er hatte die Ankunft seiner Monster-

freunde erwartet und deshalb nur leicht geschlafen. Max gab Füßchen den Haustorschlüssel und sagte: »Sperrt auf und kommt in den ersten Stock.« Er huschte auf Zehenspitzen hinaus und versuchte die Wohnungstür zu öffnen, ohne ein Geräusch zu machen. Es gelang.

Von unten hörte Max die schlürfenden, schleifenden, watschelnden und klirrenden Schritte seiner Monsterfreunde. Sie sahen sehr gespenstisch aus, wie sie im Licht der Treppenhausbeleuchtung die Stufen hochkamen. Baby-Drak

hatte sogar seinen Lieblingssarg zum Schlafen von der Geisterbahn bis hierher geschleppt. Max öffnete die Tür zu Fräulein Elkegards Wohnung und die Ungeheuer traten ein.

Mombo, die Mumie, wischte mit der umwickelten Hand über ein Kästchen und stellte zufrieden fest: »Hier werden wir uns wohl fühlen. Alles verstaubt und voll mit Spinnweben. Dazu noch muffige Luft, es ist fast so schön wie in einem Pyramidengrab!« Die anderen stimmten ihm freudig zu.

»Ihr ... dürft aber bitte keinen Lärm machen. Sonst rufen meine Eltern die Polizei, weil sie euch für Einbrecher halten!«, warnte Max seine Freunde.

»Keine Bange, Jungchen«, beruhigte ihn Zerbis Kopf Nummer eins. »Es wird uns keiner bemerken, wenn Nummer zwei einmal die Klappe hält!«

Kopf Nummer zwei knurrte: »Wer schnarcht denn, dass die Wände wackeln?«

Nun mischte sich auch Kopf Nummer drei ein und schon war der Streit perfekt.

»Still, sonst bekommt ihr Maulkörbe aufgesetzt!«, sagte Max streng. Augenblicklich herrschte Ruhe. »Was haltet ihr davon, wenn wir schon heute Nacht mit dem Schwesternschrecktest

beginnen?«, fragte Max. Alle waren einverstanden und der Höllenhund wollte den Anfang machen.

Zur selben Zeit polterte es dumpf in der Geisterbahn. Charley, der Poltergeist, war sauer. Stinksauer. Sie hatte nicht mitdürfen und war allein im dem feuchten, grünen Gebäude zurückgeblieben. Max hatte sie dazu überredet. »Du musst die Geisterbahn bewachen«, hatte er gesagt.

Mittlerweile war dem Poltergeistmädchen klar geworden, dass die anderen sie nur los sein wollten.

Charley huschte wütend durch den schrägen Gang, der den Unterstock mit dem oberen Geschoss verband. Der unsichtbare Geist betrachtete die fetten, schwarzen Wolfsspinnen und säuselte: »He, Mädels, wie wär's mit einem Wettlauf? Der Start ist oben und ihr krabbelt, so schnell ihr könnt, hinunter. Einverstanden?«

Die Spinnen antworteten nicht und deshalb packte sie der Poltergeist mit unsichtbaren Fingern und brachte sie zum blutroten Zimmer.

Im großen Wohnzimmer der Monster war das Krachen von zerberstendem Holz zu hören. Charley stutzte. He, was ist denn das? Feiern die Holzwürmer eine Party?, überlegte sie. Als eiskalter Windhauch fegte sie den Gang nach unten und schwebte in den Raum, der noch immer unter Wasser stand.

Das Poltergeistmädchen bremste und hängte sich an den Totenkopflüster, der von der Decke baumelte. Von außen wurde mit einer Axt gegen die Wand der Geisterbahn geschlagen. Ein Brett war bereits zersplittert. Es folgte ein zweites und drittes. Die Bretter wurden mit kräftigen Fußtritten nach innen gestoßen und eine sehr dürre Frau

zwängte sich durch das Loch. Ihr Haar war zu einem straffen Knoten gebunden und ihre dünnen Arme und Beine steckten in einem grünen

Jeansanzug. Sie knipste eine Taschenlampe an und leuchtete den Raum langsam ab. Der Lichtkreis streifte dabei auch den Totenkopflüster, der ein wenig hin und her schwankte. Vom Poltergeist, der dort lauerte, bemerkte die Frau nichts. Er war schließlich unsichtbar.

Charley war ausnahmsweise völlig ruhig. Sie überlegte angestrengt, was sie tun sollte. Vielleicht hatte sie doch eine wichtige Aufgabe, die sie jetzt erfüllen musste.

»Scheint keiner hier zu sein ...«, sagte die Frau zu sich selbst. Es war natürlich keine andere als Karla Kätscher persönlich. »Aber vielleicht halten sich die Monster hier tatsächlich versteckt?« Wie ein Storch stelzte Karla Kätscher durch das Wasser und betrachtete die gruseligen Möbelstücke.

Das Poltergeistmädchen wurde nervös. Normalerweise würde es jetzt auf der Stelle lospoltern, ganze Schränke durch die Luft sausen lassen und die Frau zur Verzweiflung treiben. Darin waren Poltergeister einsame Spitze. Aber diesmal zögerte Charley. Diese Einbrecherin könnte Karla Kätscher sein, von der ihr die anderen erzählt hatten. Sie kannte sich bei Monstern und Ungeheuern aus und würde bestimmt schnell ahnen, mit wem sie es zu tun hatte. Dann denkt sie vielleicht: Wo ein Geist ist, sind die anderen bestimmt nicht weit. Das darf nicht geschehen. Aber was soll ich machen?

Langsam ließ sich der Poltergeist vom Totenkopflüster herab und schwebte neben Karla Kätscher her. »Möglich, dass sich die Monster oben verkrochen haben«, überlegte die Monsterjägerin laut. »Wenn ich auch dort keine Spur von den Bestien entdecke, gebe ich auf.«

Im oberen Stockwerk, im blutroten Zimmer, lagen viele verdächtige Sachen. Die Monster hatten sie vor dem Wasser gerettet und dorthin in Sicherheit gebracht. Es waren Dinge wie Stoffstreifen von Mombo, einige Flaschen altes Blut, die Baby-Drak gehörten, Zerbis Triofressnapf, die Ersatzbatterien von Bibber-Boris und vor allem das Tagebuch von Frank Steinchen, in dem genau aufgeschrieben stand, wann welches Monster in die grüne Geisterbahn gekommen war. Wenn es Karla Kätscher in die Hände fiel, wusste sie alles. Sie durfte nicht hinauf. Aber wie sollte Charley es verhindern, ohne sich als Poltergeist zu erkennen zu geben?

Der Test beginnt

Max führte Zerbi zur Wohnung der Müllers und zeigte ihm Dodos Zimmertür. Sie war nur angelehnt und es war leicht für Zerbi, sie aufzudrücken. Max versteckte sich neben dem Schuhschrank, von wo er einen guten Blick in Dodos Zimmer hatte. Seine Schwester lag auf dem Rücken im Bett und schnarchte leise.

Zerbi stellte sich neben sie und leckte ihre Hand, die unter der Bettdecke hervorguckte. Er leckte mit drei Zungen gleichzeitig. Dodo brummte missmutig und tastete mit der Hand über die zottigen Köpfe. »Hunde ... ich mag Hunde ... Wau, wau!«, murmelte sie im Schlaf, drehte sich zur Wand und schnarchte weiter.

Enttäuscht trottete der Höllenhund aus dem Zimmer zu Max. »Sollen wir heulen, knurren und sabbern?«, fragten die Köpfe leise. Max winkte ab. Das hätten seine Eltern bestimmt gehört, und wer weiß, was dann geschehen wäre. Mit hängenden Köpfen zog Zerbi ab. Er fühlte sich als Versager.

Max begleitete ihn einen Stock tiefer zur Wohnung von Fräulein Elkegard, seinem »Büro«, wo es sich die Monster schon gemütlich gemacht hatten. In der Besenkammer hatte Baby-Drak seinen Sarg aufgestellt. Wolfgang Amadeus Werwolf lümmelte auf der Bank vor dem Fenster und sah sich Horrorfilme an. Nessina hatte die Badewanne voll laufen lassen und plantschte darin herum. Bibber-Boris wurde von Frank Steinchen sorgfältig mit dem Föhn trockengeblasen und Mombo, die Mumie, betrachtete interessiert das Toilettenpapier. »Werden hier Mumien gewickelt?«, fragte er Max.

Der Junge wurde rot im Gesicht und erklärte Mombo stotternd, wozu die Papierrollen von Menschen benutzt wurden.

»He, wo ist eigentlich Luzilla?«, fragte er plötzlich. Die Monster machten ratlose Gesichter. Keines hatte die Rieseneidechse in der vergangenen halben Stunde gesehen. Stand sie etwa noch immer vor dem Haus? Oder war sie unterwegs verschwunden?

Max wollte schon los, um sie zu suchen, als

es in der Küche klirrte. Er stürzte hinein und schnaubte: »Luzilla, hör sofort auf!« Das Monster hatte die Besteckladе entdeckt und fraß genüsslich einen Löffel nach dem anderen. Max warf einen Blick in die Schublade und stöhnte auf.

Luzilla hatte bereits alle Messer verdrückt und von den Gabeln waren nur noch zwei Stück übrig. Wie sollte er Fräulein Elkegard das je erklären?

Im Augenblick gab es jedoch andere Probleme zu lösen. Er rief alle Monster ins Wohnzimmer und hielt dort eine kleine Rede. »Hört zu, wir haben nicht viel Zeit. Ab morgen dürft ihr alle meine große Schwester Dodo erschrecken. Ich darf nicht aus der Wohnung, deshalb werde ich hier bei euch anrufen. Ich lasse das Telefon dreimal klingeln. Das bedeutet: Einer von euch kann hinaufkommen und sein Glück versuchen. Ihr müsst euch keine Sorgen machen, dass euch jemand aus dem Haus entdeckt. Die anderen Leute sind alle noch im Urlaub.«

Die Monster versprachen, ihr Schrecklichstes zu geben, und Max schaltete den Anrufbeantworter ab. Habe ich alles gut vorbereitet?, überlegte er und seine Antwort lautete ja! Er konnte beruhigt schlafen gehen. Der nächste Tag würde bestimmt sehr aufregend werden …

Poltergeist in Nöten

In der Geisterbahn war für Charley, das Poltergeistmädchen, aber schon die Nacht aufregend. Karla Kätscher war drauf und dran, den schrägen Gang nach oben zu gehen und die Räume dort zu durchsuchen. Bestimmt würde sie die Sachen der Monster finden und dann war die Geisterbahn als Versteck nie wieder sicher. Charley fiel etwas ein: Sie konnte einen Menschen für zehn Minuten er-

starren lassen. Der Person war es dann unmöglich, sich zu bewegen, und sie konnte sich danach an nichts erinnern. Charley raste spiralenförmig um die Monsterjägerin herum, hinauf und hinab an ihr, und stieß dabei einen schrillen Ton aus. Die Wirkung blieb nicht aus. Karla Kätscher, die gerade ihr dünnes Bein in den Gang setzen wollte, blieb wie eine Statue stehen.

Und jetzt? Ich muss zu den anderen ... oder noch besser zu diesem Max. Er hat Karla Kätscher schon einige Male abgewehrt, überlegte Charley.

Wie ein unsichtbarer Pfeil schoss sie los und flitzte durch die nächtlichen Straßen und Gassen. Das Poltergeistmädchen konnte es dabei nicht lassen, auf einigen Mülltonnen zu trommeln und hohe Laternenmasten zum Donnern zu bringen. Dabei stieß sie immer wieder ihr hohes, vergnügtes Kichern aus. Ach, es war schrecklich schön, ein Poltergeist zu sein.

Glücklicherweise wusste Charley, wo Max wohnte. Füßchen hatte ihr den Weg verraten. Allerdings wussten die anderen davon nichts, weil sie nicht einverstanden gewesen wären. Sie wollten endlich ihre Ruhe haben. Das Fenster stand noch immer einen Spaltbreit offen, der Poltergeist schlüpfte durch und düste durch Max' Zimmer. Wie sollte er ihn wecken?

Unter dem Bett entdeckte Charley die nassen Klamotten, holte sie raus und schleuderte sie Max an den Kopf.

»Huaaaa!« Mit einem erschrockenen Schrei sprang der Junge aus dem Bett. »Fü... Fü... Füßchen, bist du ... du ... das?«, stammelte er.

»Ne, ich bin's, Charley!«

Max fragte mürrisch: »Was willst du? Du solltest doch in der Geisterbahn bleiben und sie bewachen! Wieso erschreckst du mich so? Ich will schlafen, ich bin total k. o.!«, schimpfte er.

»Reg dich ab, Kleiner!«, knurrte das Poltergeistmädchen.

Max schnaubte. »Du hast Glück, dass du unsichtbar bist. Sonst würde es dir jetzt schlecht ergehen!«, zischte er.

»Ach, war nicht so gemeint. Aber deine Idee mit dem Bewachen war gut!« Schnell berichtete der Poltergeist von Karla Kätschers Einbruch. »Es bleibt kaum noch Zeit.«

Max kaute vor Aufregung an seinen Fingernägeln. Es war etwas viel, mitten in der Nacht aus dem Schlaf geschreckt zu werden und dann noch die besten Ideen haben zu müssen. Nein, die Monsterjägerin durfte unter keinen Umständen herausfinden, wer in der Geisterbahn wohnte.

»Charley, ich hab's. Ich weiß was«, keuchte er aufgeregt. Flüsternd teilte er dem Poltergeistmädchen den Plan mit und Charley war begeistert.

»Große Klasse, Max! Mensch, Junge, du bist fast so gut wie ich!«, kicherte sie und am eiskalten Lufthauch konnte Max erkennen, dass sie wieder abgeschwirrt war. Es war auch höchste Zeit. Karla Kätscher würde nur noch drei Minuten starr bleiben.

Auf dem Rummelplatz angekommen, schritt das Poltergeistmädchen sofort zur Tat. Es düste zum oberen Ende des Ganges und wartete da-

rauf, dass Frau Kätscher sich wieder zu bewegen begann. Als es so weit war, raunte Charley den acht schwarzen Wolfsspinnen zu: »Los, Mädels! Der Wettlauf beginnt! Wer zuerst auf dem Kopf der dünnen Tante ist, bekommt einen besonderen Leckerbissen!«

Das wirkte. Die handgroßen Spinnen krabbelten sofort los, direkt auf Karla Kätscher zu. Diese leuchtete mit ihrer Taschenlampe prüfend den Gang ab und entdeckte dabei die dichten Spinnweben an der Decke. Igitt, zum Glück sitzen keine Spinnen drin!, dachte sie.

Da spürte sie etwas an ihrem linken Hosenbein. Gleich darauf kroch etwas über ihr rechtes Hosenbein. Karla Kätscher lenkte den Lichtstrahl nach unten und riss entsetzt die Augen auf. Fünf der acht Spinnen hatten sie bereits erreicht und kletterten an ihrer Jeans hoch. Die Monsterjägerin begann einen wilden Tanz aufzuführen und versuchte die Tiere abzuschütteln, aber die Spinnen krallten sich an ihr fest. So knapp vor dem Ziel ließen sie sich nicht abschütteln. Charley hatte einen Leckerbissen versprochen, und da ihr Herrchen, der Werwolf, sie nicht gefüttert hatte, waren sie hungrig.

»Iiiiiiii!«, kreischte Karla Kätscher, drehte sich um und rannte, so schnell sie konnte, Richtung Ausgang. Aber von der Geisterbahn wollten die Spinnen auch nicht weg. Schließlich waren sie hier zu Hause. Sie ließen sich fallen und beschlossen, den Wettlauf zu wiederholen.

Frau Kätscher stand vor der Geisterbahn und klopfte mit zitternden Händen ihre Klamotten ab, ob auch bestimmt keine Spinne zurückgeblieben war.

Charley sauste zu ihr, um zu sehen, was sie nun machte. »Nein, die Bude ist schon seit mindestens zehn Jahren leer!«, stammelte Karla Kätscher vor sich hin. »Wir müssen ... die Monster an einem anderen Ort suchen!« Mit diesen Worten schwang sie sich in ihren Wagen, startete und raste davon.

Das Poltergeistmädchen kicherte vergnügt. Es hatte ganze Arbeit geleistet. Es vernagelte das Loch in der Wand der Geisterbahn und erklärte den Spinnen: »Mädels, wir schmeißen eine Party. Freifliegen für alle!« Max hatte einen Streich bei ihr gut. Wann immer er es wollte, würde sie jemandem einen Polterstreich spielen.

Dodos Schreckenstag

Am nächsten Morgen erwachte Max spät, aber besonders gut gelaunt. Erstens hatte es zu regnen aufgehört und zweitens würde Dodo diesen Tag nicht so bald vergessen. Endlich konnte er ihr heimzahlen, was sie ihm angetan hatte. Später beim Frühstück grinste er die ganze Zeit vergnügt vor sich hin und summte den neuesten Hit.

»Wieso bist du so gut aufgelegt?«, erkundigte sich seine große Schwester misstrauisch.

Max grinste. »Nur so!«

»Max, der Hausarrest bleibt, aber wir können weiterreden, wenn du bis zum Abend einen guten Aufsatz geschrieben hast«, sagte sein Vater streng. »Wir fahren heute in ein Möbelhaus und werden uns dort nach einem neuen Glastisch umsehen. Bis zum Nachmittag sind wir wieder zurück.« Max nickte artig.

»Darf ich heute ins Kino gehen?«, fragte Dodo. Ihre Eltern hatten nichts dagegen. Es waren Ferien und deshalb erlaubten sie sogar die Abendvorstellung.

»Mit wem gehst du?«, wollten sie wissen.

»Mit Egon Grünschädel, dem netten Jungen aus meiner Klasse«, sagte Dodo.

Nett? Was ist an dem nett?, dachte Max. Egon hat sich immer nur über mich lustig gemacht.

Nachdem Herr und Frau Müller gegangen waren, wählte Max die Nummer von »Mietmonster & Co.«, ließ es dreimal klingeln und legte wieder auf. Er war gespannt, was nun geschehen würde.

»Geh endlich und schreib den Aufsatz«, zischte ihn Dodo an. Max sagte nichts und schlenderte in sein Zimmer. Da läutete es an der Tür. Vorsichtig spähte er zurück in die Diele.

Dodo öffnete und eine seltsame Frau stand vor ihr. Sie trug eine riesige Sonnenbrille, ein elegantes Kopftuch und einen bodenlangen Mantel. Von ihrem Gesicht war kaum etwas zu sehen.

»Ich wünsche einen schönen Tag, junge Frau!«, grüßte die Unbekannte. Jetzt erst wurde Max klar, um wen es sich handelte. Das war Luzilla, die sich verkleidet hatte. »Ich bringe Ihnen eine kleine Probe der neuesten Schönheitscreme«, kündigte Luzilla an und überreichte Dodo eine weiße Porzellandose. Max' große Schwester öffnete sie, schnupperte daran und nahm ein wenig mit dem Finger heraus. »Junge Frau, mit dieser Creme werden Sie zur Schönheitskönigin und alle jungen Männer werden Ihnen zu Füßen liegen. Die Probe ist kostenlos!« Max wusste, wie eitel seine Schwester war. Hastig schmierte sie sich das Zeug ins Gesicht.

»Bei regelmäßiger Anwendung werden Sie bald so gut aussehen wie ich!«, versprach Luzilla und nahm Sonnenbrille und Kopftuch ab. Darunter kam der schuppige, grün-braune Monsterschädel zum Vorschein, der Dodo strahlend anlächelte.

»Waaaaaas??? Nein!«, kreischte das Mädchen. »Iiiiiii! Hiiiilfe!« Sie knallte die Tür zu und stürzte ins Badezimmer. Max hörte das Wasser plätschern und seine Schwester spucken und prusten. Mit der Fingerbürste schrubbte sie sich das

Gesicht, bis auch die allerletzte Spur von der Creme verschwunden war.

»Was ist denn los?«, fragte Max mit einer Unschuldsmiene. »Wieso bist du so grün im Gesicht? Und warum hast du plötzlich Fischschuppen auf der Nase?«

Dodo, die sich gerade abtrocknete, klappte stumm den Mund auf und zu und drehte sich entsetzt zum Spiegel. Zu ihrer Erleichterung war sie nur knallrot vom Schrubben. »Hau ab, du Landplage!«, schnaubte sie.

Max marschierte in sein Zimmer und notierte in einem Heft: *Luzilla: Schreckstufe 7!* Das Beste war Schreckstufe 10, das Schlechteste Schreckstufe 0. Danach rief der Junge wieder im »Büro« an, um das nächste Monster zu rufen.

Diesmal läutete niemand an der Tür. Max konnte an den Geräuschen erkennen, dass Dodo in ihrem Zimmer rumorte. Aber wieso erschrak sie nicht?

»Waaaaaaa!«, kreischte sie gleich darauf und Max rannte zu ihr. Dodo kauerte auf dem Bett und hatte die Decke zum Kinn hochgezogen. »Da ... da ... da ist jemand ... am Fenster!«, wimmerte sie.

Max sah, wie Bibber-Boris auf dem Fensterbrett turnte und das Fenster aufdrückte. »Tag, ich bin der Wanzenjäger und soll hier jagen gehen!«, verkündete er mit seiner tiefen, hohlen Stimme.

»Hier ... hier ... hier sind keine Wanzen. Verschwinden Sie!«, krächzte Dodo.

»Und was sind Sie?«, fragte Boris und brach in schallendes Gelächter aus.

Dodo sprang wütend vom Bett und knallte das Fenster zu. Danach drehte sie sich zu Max und brummte: »Ist das vielleicht einer deiner witzigen Freunde, der sich verkleidet hat?«

»Niemals! Ich war doch seit gestern immer in der Wohnung. Außerdem habe ich ja gar keine Freunde!«, schwindelte er. Dodo stieß ihn zur Seite und lief ins Wohnzimmer, wo sie sich vor den Fernseher warf. Max hielt den Moment für gekommen, das nächste Monster zum Test antreten zu lassen: Boris war nicht sehr gut gewesen. Er hatte nur Schreckstufe 3 erreicht.

Abermals klingelte es an der Wohnungstür. »Mach du auf!«, rief Dodo aus dem Wohnzimmer. Mist, das passte Max gar nicht. Schließlich sollte sie erschreckt werden. »Wer ist es?«, schrie seine Schwester. Max blieb nichts anderes übrig, als zur Tür zu gehen und zu öffnen. Auf dem Gang stand niemand. »Ha... hallo, wer ist da?«, fragte er leise.

Vom Boden kam ein schrilles Zirpen. Füßchen stand da und wippte ungeduldig auf den Zehen.

»Sie kommt gleich, läute noch einmal!«, raunte ihm Max zu. Er schloss die Tür und rannte zu Dodo. Er spielte ihr die größte Aufregung vor und keuchte: »Draußen ist keiner … Dodo … ich … fürchte mich!«

Seine Schwester grinste. »Wimmer-Winzling, wie kann man nur so ein Feigling sein!«

Wieder schellte die Türklingel. Dodo stürzte in die Diele und riss die Tür auf. Erstaunt prallte sie zurück. Es war tatsächlich niemand da. Wütend knallte sie die Tür wieder zu. »Wenn ich den Mistkerl erwische, der da klingelt und abhaut, kann er was erleben!«

»Dingdong!« Dodo musste nur zwei Schritte machen und schon hatte sie die Hand an der Türklinke. Tür auf… und wieder war niemand zu sehen. Dodo wurde nervös. »Wenn du das noch einmal machst, dann knallt's!«, schrie sie drohend ins Treppenhaus. Diesmal entfernte sie sich nicht von der Tür, sondern starrte angestrengt durch das Guckloch. Sie wartete und wartete.

»Dingdong!« Dodo riss die Tür auf und spürte, wie ihr ein ungutes Gefühl durch Arme und Beine kroch. Sie hatte niemanden gesehen, der zum Klingelknopf geschlichen wäre, und auch sonst war der Gang leer. Wie war das möglich?

»He, Schwesterchen, wieso bist du so bleich?«, fragte Max. Dodos Unterlippe zitterte. Hektisch drückte sie mit dem Hinterteil die Tür zu.

»Dingdong, dingdong, dingdong!« Dodo schrie auf und presste sich an die Wand neben der Garderobe. »I… ich mach nicht mehr auf«, stammelte

sie. Max wusste genau, dass Füßchen die ganze Zeit hinauf zum Klingelknopf hüpfte.

»Aber du musst nachsehen, Dodo!«, flötete er und verlieh Füßchen bereits Schreckstufe 9.

Dodo konnte ihre Hände kaum ruhig halten, als sie den Arm zur Klinke ausstreckte. Sie stieß die Tür auf und schrie: »Da ist keiner!«

Max beobachtete, wie Füßchen sich an ihr vorbeischlich, hinter Dodo trippelte, Anlauf nahm und ihr einen kräftigen Tritt versetzte. Er war so stark, dass das Mädchen auf den Gang hinausstolperte und dort auf dem Boden landete. Wütend funkelte sie ihren kleinen Bruder an. »Das war jetzt zu viel, Max!«, keuchte sie. »Das reicht. Du steckst hinter allem!«

Der Junge schüttelte heftig den Kopf. »Aber ich stehe die ganze Zeit hier hinten, mindestens fünf Schritte entfernt!«, verteidigte er sich.

Aber Dodos Misstrauen war nicht mehr zu zerstreuen. »Verzieh dich in dein Zimmer und lass dich nicht mehr blicken! Sonst erlebst du heute Abend dein blaues Wunder!«, drohte sie.

Max wartete nur, bis Dodo wieder vor dem Fernseher hockte, um das nächste Monster anzurufen. Diesmal aber kam niemand. Max wurde ungeduldig. Hatten seine Freunde das Zeichen nicht gehört?

Die Wahrheit

»Was ist da los???«, hörte er seine Schwester im Wohnzimmer schimpfen. Neugierig lief Max zu ihr und sah, dass der Fernseher streikte. Über den Bildschirm flimmerten nur schwarze und weiße Streifen. Dodo drückte alle Tasten und versetzte dem Apparat sogar einen Tritt. Aber das nutzte alles nichts. »Ich will weiterschauen! Das war gerade so ein spannender Liebesfilm, und ausgerechnet als sie sich geküsst haben, ist das Bild ausgefallen!«, jammerte sie.

»Dingdong!« Wieder klingelte es. Dodo öffnete und vor ihr standen zwei Männer. Einer trug einen Bademantel mit Blümchen, den Max schon einmal im Badezimmer von Fräulein Elkegard gesehen hatte. Der Kopf war unter der Kapuze versteckt. Der andere hatte sich in ein langes, weißes Betttuch gehüllt und es auch über Haare und Gesicht gezogen.

»Wer sind Sie? Was wollen Sie?«, fragte Dodo überrascht.

»Wir sind vom Fernsehdienst. Ihr Apparat hat eine Störung!«, sagte der Typ im weißen Betttuch. Max erkannte die Stimme sofort. Sie gehörte Mombo, der Mumie. Aber wie hatten sie es ge-

schafft, dass der Fernseher plötzlich nicht mehr funktionierte?

»Äh … gut, dass Sie kommen, aber woher wissen Sie …?«, stammelte Dodo.

»Wir haben dafür den sechsten Sinn«, knurrte eine tiefe Stimme. Erst jetzt wurde Max klar, wer im Bademantel steckte. Es war der Werwolf.

Dodo führte die beiden ins Wohnzimmer. Als

sie auf dem Weg dorthin an Max vorbeikamen, raunte ihm Wolfgang Amadeus zu: »Wirf einen Blick zum Dach hinauf!«

Der Junge lief sofort in den Hof. Er hob den Kopf und schnappte nach Luft. An der Antenne hingen Nessina und Baby-Drak. Sie schaukelten vergnügt hin und her und hatten großen Spaß. Kein Wunder, dass der Empfang gestört war.

Im Wohnzimmer machte Mombo, die Mumie,

in der Zwischenzeit beschwörende Bewegungen mit den Armen.

»Äh… brauchen Sie für die Reparatur kein Werkzeug?«, fragte Dodo schüchtern.

»Nein, wir haben andere Methoden!«, versicherte ihr Mombo und setzte den Zauber fort.

Der Werwolf öffnete das Fenster und schrie in Richtung Dach: »Ihr könnt aufhören!« Nessina und Baby-Drak sprangen von der Antenne und kletterten durch eine breite Dachluke zurück ins Haus.

Sofort war das Bild wieder klar und deutlich.

Dodo konnte das alles nicht fassen. »Vie… vielen Dank!«, stotterte sie und wollte die beiden seltsamen Gestalten schnell wieder loswerden. Die Mumie war aber noch nicht fertig. Sie schob den Kopf unter dem Betttuch hervor und hob die dunkle Brille. Sofort schossen aus ihren Augen die beiden dünnen, hellen Strahlen, die Unglück brachten und alles ins Schlechte verwandelten.

Sie trafen auf den Bildschirm und nicht einmal für den Film verfehlten Mombos Strahlen ihre Wirkung. Der junge Mann starrte das Mädchen plötzlich entsetzt an und sagte: »He, Sissy, du stinkst nach Knoblauch!«

Auch das Mädchen war völlig verändert. »Und du … schwitzt wie ein Walross. Du bist ein schlabbriger Schleimwurm!« Sie klebte ihm eine und schrie: »Ich will dich nie wieder sehen!«

Dodo traute ihren Augen nicht. »Aber es war doch die große Liebe!«, hauchte sie verzweifelt. »Wie ist das möglich?«

Als sie sich an die beiden Fernsehmechaniker wenden wollte, waren sie verschwunden. Sie ließ sich auf das Sofa plumpsen, denn es wurde ihr sehr unbehaglich zu Mute. Niemand würde ihr glauben, wenn sie erzählte, was sie gerade erlebt hatte.

Max aber saß in seinem Zimmer und trug in das Heft ein: *Schreckstufe 6.* Dodo hatte eine Gänsehaut bekommen, aber der wirklich große Schreck war es nicht. Im Augenblick führte Füßchen, aber als Letzter war noch Frank Steinchen an der Reihe. Was er wohl machen würde?

Max ließ wieder bei Fräulein Elkegard das Telefon klingeln und zu seinem Erstaunen hob jemand ab. Es war Frankensteins kleiner Bruder persönlich. »Etwas Geduld, Max«, sagte er. »Ich treffe in Kürze ein.«

Max musste viel Geduld haben. Erst nach Mittag klingelte es wieder an der Tür. Max tat so, als wäre er sehr in seinen Aufsatz vertieft, damit Dodo öffnete. Nachdem sie an seinem Zimmer vorbei war, sauste er zur Tür und spähte hinaus. Er presste die Hände auf den Mund, um nicht laut loszulachen. Dodo näherte sich nämlich der Wohnungstür, als wäre diese eine hungrige Kobra. Ihre Hand zitterte, als sie nach der Klinke griff. Kaum schwenkte die Tür auf, machte das Mädchen auch schon einen großen Satz nach hinten.

»W… w… wer bist denn du?«, fragte sie und starrte staunend auf Frank Steinchen.

Dieser hielt einen Strauß welker Rosen in den Händen und blickte Dodo artig an. »Mein Name ist Frank und ich bin der Cousin Ihres Freundes Egon Grünschädel. Hier, diese Rosen habe ich auf dem Friedhof für Sie gepflückt!« Er streckte sie Dodo hin, aber sie machte eine abwehrende Handbewegung. »Wenn Sie die Blumen nicht wollen, lasse ich sie mir eben schmecken!«, sagte Frank Steinchen und biss eine Blüte nach der anderen ab. Er schmatzte genüsslich und meinte mit vollem Mund: »Sie wissen nicht, welche Köstlichkeit Sie sich entgehen lassen.«

Dodo schwankte. Max konnte es genau sehen. »Wieso … wieso kommt Egon nicht selbst?«, fragte sie mit schwacher Stimme. Als Frank nichts erwiderte, fuhr sie fort: »Traut sich der Feigling vielleicht nicht her? Sag ihm, er braucht keine Angst zu haben. Ich habe meinen Eltern nicht verraten, dass er so blöd war und auf den Glastisch gesprungen ist und die Platte zerbrochen hat. Sie denken, mein kleiner Bruder wäre schuld daran.« Max horchte auf. Ach, so war das also. Wie gemein von Dodo!

»Egon hat Sie mir geborgt und mir versprochen, dass ich ein halbes Jahr mit Ihnen ausgehen darf. Ich werde Sie jeden Tag zur Schule bringen und wieder abholen, ich werde Sie zu jedem Horrorfilm ins Kino begleiten und am Abend machen wir große Spaziergänge über den Friedhof. Ich kenne ein paar lauschige Gruften, in denen wir ein wenig sitzen können!«, kündigte Frank an.

Dodo begann überdreht zu lachen. »Das ... das halte ich nicht mehr aus ... Sind alle durchgedreht? Das ... das ist mir zu viel!« Sie stürmte in ihr Zimmer und schleuderte die Tür zu. Von drinnen hörte Max einen langen, hohen Schrei. Es war geschafft.

Er lief in die Diele und bedeutete Frank mit dem Daumen, dass er beste Arbeit geleistet hatte. Danach begab er sich zu seiner Schwester und fragte freundlich: »Was ist denn los, Dodo?«

Dodo lag auf dem Bett und biss in das Kopfkissen. Sie zitterte am ganzen Körper und keuchte: »Womit habe ich das verdient?«

»Vielleicht ist das die Strafe, weil du gelogen hast«, sagte Max.

Dodo schoss in die Höhe. »Du hast gelauscht, du miese Wanze!«, keuchte sie. »Aber wehe, du verrätst etwas. Außerdem kannst du nichts beweisen.« Mit einem Schlag war Dodo wieder ganz die Alte. Sie stieß ihren kleinen Bruder von sich und er stolperte gegen ihren Schreibtisch. Und was lag da? Dodos Tagebuch!

Max schnappte es und rannte damit in sein Zimmer. Er warf die Tür zu, sperrte ab und kümmerte sich nicht um seine tobende große Schwester. Niemals sonst würde er in einem fremden Tagebuch lesen, aber das war ein Notfall. Er blätterte einen Tag zurück und überflog die Zeilen …

Egon wollte mit mir für die Disko ein paar flotte Tänze einüben. Dabei ist er auf unseren Glastisch gesprungen, was dieser nicht ausgehalten hat. Egon war total fix und fertig, weil er Panik vor meinem Alten hat. Deshalb ist er abgehauen und hat gesagt, ich soll mir was einfallen lassen. Das habe ich auch getan. Ich habe alles Max in die Schuhe geschoben …

Der Junge klappte das Tagebuch zu und knurrte: »Das wird Papa und Mama bestimmt interessieren!«

Der Sieger

Als die Eltern nach Hause kamen, hatte sich Dodo in ihr Zimmer verkrochen. Sie wusste, was jetzt kommen würde. Herr und Frau Müller waren in der Tat entsetzt über den miesen Schwindel ihrer Tochter. Sie entschuldigten sich bei Max und verlangten dasselbe auch von Dodo. Herr Müller versprach seinem Sohn als Wiedergutmachung ein neues Computerspiel und Frau Müller wollte seine Lieblingsspeise für ihn kochen: Pizza mit Salami. Von Küchendienst und Hausarrest war für ihn keine Rede mehr. Das traf nun alles Dodo.

Vor allem aber war Max froh, dass die schreckliche Ungerechtigkeit an den Tag gekommen war.

Nach dem Abendessen besuchte Max seine Monster in der Wohnung im ersten Stock. Als er eintraf, wurde bereits eine kleine Feier abgehalten.

»Wir haben eine Neue!«, verkündete Frank Steinchen. »Obwohl wir uns mit ihrem Geklopfe nicht gut abfinden können, werden wir Charley, das Poltergeistfräulein, bei uns aufnehmen.« Freudiges Gekicher erschallte.

»Klasse, Kumpels!«, jubelte der Poltergeist. »Aber ich muss euch sagen, dass ihr mit eurem Freund Max einen tollen Fang gemacht habt. Der Junge ist Spitzenklasse!« Die Monster nickten zustimmend und Max strahlte über das ganze Gesicht. Charley hatte den anderen bereits berichtet, was sich Max hatte einfallen lassen, um Karla Kätscher für immer von der Geisterbahn fern zu halten. »Übrigens, keine Bange, ich werde daheim keinen Krach machen. Ich habe nämlich in der Stadt einen Schuppen gefunden, in dem ich nach Lust und Laune klopfen kann. Dort stört das niemanden«, verkündete Charley.

»Wo ist das?«, wollte Max wissen.

»›Disko‹ heißt die Bude!«, erklärte der Poltergeist.

Max musste grinsen. Das erinnerte ihn an seine Schwester. Sie ging gerne in Diskos, und falls sie je wieder einmal fortdurfte, würde ihr Charley beim Tanzen bestimmt gerne einige Streiche spielen.

»Max, wer von uns bekommt die Aufgabe, die Schwester des reichsten Jungen zu erschrecken?«, wollten alle Monster wissen. In der trockenen Wohnung hatten sie sich schnell erholt und waren zu jedem Spuk bereit. Max verlas die Bewertungen und fügte hinzu, dass Zerbis Auf-

tritt nicht galt. Schließlich hatte Dodo geschlafen. Die Köpfe des Höllenhundes, die den ganzen Tag geschmollt hatten, waren versöhnt.

»Der Sieger nach Punkten ist Füßchen«, erklärte Max. »Aber ehrlich gesagt: Der größte Schreck seid ihr alle zusammen. Dieser Theo Talermann zahlt uns viel Geld, also soll er auch etwas wirklich Schauriges bekommen. Ihr werdet alle auftreten!« Die Monster brachen in lautes Geheul aus, das Max sofort unterbrach: »Psssst!«

Später, in der Wohnung seiner Eltern, meinte seine Mutter: »Vorhin ... da hat jemand bei Fräulein Elkegard geschrien. Ich habe es gehört. Was war das?«

Max spürte, wie sich seine Nackenhaare auf-

stellten. Jetzt musste ihm eine gute Ausrede einfallen. »Das … äh …. das war ihr Kater!«, schwindelte er.

Seine Mutter verzog ungläubig das Gesicht. »Das hat sich aber angehört wie ein Rudel heulender Wölfe! Also diesen Kater muss ich mir anschauen.«

Max stellte sich seiner Mutter in den Weg und sagte schnell: »Das … geht nicht. Weißt du, es gibt da eine Schallplatte mit Katzenstimmen. Die hört er so gerne. Ich habe sie ihm vorgespielt, damit er sich nicht einsam fühlt. Aber jetzt schläft er und darf nicht geweckt werden, sonst heult er die ganze Nacht!«

Seine Mutter wiegte zweifelnd den Kopf. So etwas hatte sie noch nie gehört, aber zum Glück verwarf sie die Idee, in Fräulein Elkegards Wohnung zu gehen.

Am Nachmittag des nächsten Tages war es so weit. Die Monster brachen zu dem Hochhaus auf, in dem Theo Talermann wohnte. Wie immer waren sie gut verkleidet und benutzten nur stille Gassen. Endlich hatten sie den spiegelnden Turm erreicht und Max führte seine Freunde in die Halle. Der Pförtner erkannte ihn wieder und sagte feierlich: »Der junge Herr hat mir bereits angekündigt, dass Sie kommen werden. Allerdings wusste ich nicht, dass Sie von so vielen … äh … hmmm … Leuten begleitet werden.«

Max richtete sich kerzengerade auf und sagte ganz professionell: »Das war aber mit Herrn Talermann so vereinbart. Um seinen Wünschen zu entsprechen, brauche ich alle meine Freunde.«

Der Pförtner sah das ein und brachte sie mit dem Lift in den obersten Stock. Im Wohnzimmer herrschte dasselbe Chaos wie vor drei Tagen. Der hochnäsige Butler war diesmal aber nicht zu sehen.

»Wartet hier … ich … sage, dass wir hier sind!«, erklärte Max den Monstern und ging langsam durch den riesigen Raum.

Gegenüber sah er eine offene Tür und erinnerte sich, dass Theo Talermann bei seinem ersten Besuch von dort gekommen war. Er klopfte, aber niemand antwortete. Max wagte sich weiter und betrat einen langen Gang. Auf einer Seite lag die Küche, auf der anderen ein Bad mit einer Wanne, die die Größe eines Schwimmbeckens hatte. Ein Stück weiter entdeckte Max noch eine Tür. Sie stand halb offen und Max konnte den Butler sehen. Er war an einen Sessel gefesselt und Theo Talermann tanzte wild um ihn herum. Er bewarf den armen Mann mit Marmelade und

bestreute ihn mit Pfeffer. Der Butler konnte nicht einmal protestieren, denn in seinem Mund steckte eine Socke.

Aus einem anderen Zimmer trat eine dunkelhaarige junge Frau, die Max erstaunt musterte. »Suchst du jemanden?«, fragte sie freundlich.

Max nickte. »Ja … ich suche Theo!«

Sie hob die Hand. »Einen Augenblick, er macht gerade Hausaufgaben«, sagte sie und ging in den Raum, vor dem Max stand. »Theo, was soll das schon wieder?«, hörte er sie gleich darauf rufen. »Binde sofort den armen Wilhelm los und entschuldige dich bei ihm.«

Theo Talermann erwiderte höhnisch: »Ich denke nicht daran, du Spielverderberin. Nie lässt du mich meinen Spaß haben, aber ich werde mich an dir rächen. Du wirst schon sehen!«

»Draußen wartet ein Junge auf dich«, sagte die Frau.

Theo Talermann verdrehte die Augen und knurrte: »Ach, bestimmt wieder jemand, der mich anbettelt. Er kann meine alten Spielsachen haben. Morgen kaufe ich mir neue!«

»Alte Spielsachen? Du hast die Sachen alle erst gestern gekauft!«

»Jajaja, nörgel nur an mir herum«, tobte der reichste Junge der Welt und stapfte trotzig aus dem Zimmer. Als er Max sah, leuchtete sein Gesicht auf. »He, hast du was Brauchbares mitgebracht?«, fragte er.

»Guten Tag«, grüßte Max. »Ja, ich …!« Theo Talermann schob ihn unsanft zur Seite und rannte in Richtung Wohnzimmer.

Max wollte ihm nach, aber da sagte jemand hinter ihm: »Ach, dieser Junge! Was soll ich nur mit ihm tun?«

Max platzt der Kragen

Max drehte sich um und sah die junge Frau, die verzweifelt den Kopf schüttelte. »Sind Sie die Mutter von Theo?«, fragte er.

»Nein, unsere Eltern sind bei einem Flugzeugabsturz ums Leben gekommen. Ich bin seine große Schwester und versuche mich um ihn zu kümmern, aber seit er das viele Geld geerbt hat, ist er durchgedreht!«

Max riss die Augen weit auf. »Sie sind … die große Schwester?«

Das Mädchen schmunzelte. »Ja, was ist daran Besonderes?«

Max konnte es nicht glauben. »Sie sind so nett und freundlich. Ich habe auch eine große Schwester, aber die nennt mich immer nur Winzling und verrät jedem, dass ich mich im Dunkeln fürchte.«

Die Frau lachte. »Jaja, solche gibt es auch. Übrigens brauchst du nicht Sie zu mir zu sagen. Ich heiße Arabella!«

Max schüttelte Arabella die Hand, als aus dem Wohnzimmer ein wütender Schrei kam. Die beiden liefen durch den Gang und sahen Theo, der heftig mit dem Fuß aufstampfte. »Das sollen Monster sein? Da erschrickt ja nicht einmal meine Urgroßmutter!«

Arabella starrte verwundert auf die Monster, die noch immer verkleidet waren.

»Betrüger, ich werde dich fertig machen. ›Mietmonster & Co.‹ kann zusperren!«, schrie der reichste Junge und bohrte Max den Zeigefinger in den Bauch.

Max kniff die Augen zu schmalen Schlitzen zusammen und wunderte sich über den Mut, den er plötzlich bekam. Früher wäre er schnellstens weggelaufen, aber jetzt fühlte er sich stark genug, diesem aufgeblasenen Gartenzwerg die Meinung zu sagen.

Er gab den Monstern ein Zeichen, die Verkleidungen abzulegen. Mit großen Augen sah Theo, wie unter den Hüten, Mänteln und Kopftüchern Baby-Drak, Bibber-Boris, Luzilla, Nessina, Mombo, Frank Steinchen und Wolfgang Amadeus hervorkamen. Füßchen schlüpfte unter der Frackjacke von Frank hervor und stellte sich herausfordernd vor Theo Talermann auf. Der reichste Junge der Welt zuckte zusammen.

»Die … die … die … sind ja doch schaurig!«, jammerte er.

Max beobachtete, dass Theos Schwester keine große Angst vor den Monstern hatte. Sie schienen ihr sogar zu gefallen.

Drohend marschierten die Monster auf Theo zu, der sich zitternd nach Schutz umsah. »Weg … sag ihnen, sie sollen weggehen!«, befahl er Max, aber der tat nichts dergleichen.

Stattdessen verkündete Max: »Leute, ab jetzt heißt das Motto nicht mehr ›Unternehmen Schwesternschreck‹, sondern ›Unternehmen Theo-Schreck‹!«

Grunzend, heulend und krächzend stürzten sich Max' Freunde auf den reichsten Jungen der

Welt. Bibber-Boris hielt ihn mit seinen Schaufelhänden fest und hob ihn wie einen jungen Hund in die Höhe. Theo zappelte und wimmerte, aber es nützte ihm nichts.

Max trat zu ihm und sagte: »Weißt du was, das schlimmste Monster, das ich kenne, bist du. Du hast die netteste Schwester, die ich kenne. Niemals werden wir sie erschrecken.«

»Jawohl!«, schnaubten die Monster.

»Du bist ja eine widerliche Witzfigur!«, sagte Max.

»Jawohl!«, knurrten die Monster.

»Wir pfeifen auf das Geld, auch wenn es bei uns durch das Dach regnet und alle Schnupfen haben. Wir brauchen von dir keine müde Mark, du Angeber!«, versicherte ihm Max.

»Jawohl!«, heulten die Monster. Bibber-Boris ließ den Jungen zu Boden plumpsen und die Monster marschierten zum Lift.

Charley, der Poltergeist, war auch mitgekommen und beschloss, noch eins draufzusetzen. Als sich Theo brummend erhob, packte sie ihn an den Ohren und zog kräftig daran.

»Hilfe, Arabella! Hilf mir!«, kreischte Theo und flüchtete in die Arme seiner Schwester. Das war ihm jetzt doch zu viel geworden.

»Bravo, Charley!«, lobte Max das neue Mit-

glied der Monsterfamilie. »Auf Wiedersehen, Arabella!«, rief er dem Mädchen zu. »Ich hätte gerne eine große Schwester wie dich!«

Während der Fahrt ins Erdgeschoss lobten die Monster Max. »Gut gemacht, Junge. Echt gut!«, versicherten sie ihm. Die Löcher im Dach bereiteten ihnen allerdings doch einiges Kopfzerbrechen.

Meistens kommt es anders

Eine halbe Stunde später saß Max mit seinen Monstern wieder in der Wohnung von Fräulein Elkegard. Alle waren ziemlich außer Puste geraten und rangen nach Luft.

Da klingelte das Telefon. Max sah sich schnell nach dem roten Kästchen um, mit dem er seine Stimme verstellen konnte. Endlich fand er es, hob ab und meldete sich mit »›Mietmonster & Co.‹, hallo?«

»Guten Tag, ich hätte gerne Ihren Sohn gesprochen!«, sagte die Stimme am anderen Ende der Leitung.

»Äh … wie bitte?«, stotterte Max.

»Hier spricht Theo Talermann!«

Jetzt verstand Max. Er nahm das Kästchen weg und sagte: »Jaja, da bin ich. Was gibt es?« Er erwartete einen Schreikrampf des reichsten Jungen. Falls Theo tobte, wollte er sofort auflegen. Doch es kam ganz anders.

»Ich wollte mich bei euch allen entschuldigen«, sagte Theo höflich. »Ich weiß zwar nicht, wer ihr wirklich seid, wenn ihr die Monstermasken abnehmt, aber … aber … ich verspreche, dass ich ab heute zu allen Leuten netter sein werde. Ich habe nämlich keine Freunde mehr, seit ich reich bin. Vielleicht finde ich jetzt wieder welche.«

»Bestimmt!«, versicherte ihm Max.

»Und wenn ihr einen Wunsch habt, ich erfülle ihn gerne. Wirklich, du hast doch etwas von einem kaputten Dach gesagt!«

Max konnte es nicht glauben. »Ja, das wäre großartig!«, sagte er.

»Du nennst mir eure Adresse und schon morgen wird das Dach funkelnagelneu sein!«, versprach Theo. »Und noch etwas, meine große Schwester lässt euch alle grüßen.«

Max verabschiedete sich und legte auf. Er berichtete den Monstern, wer angerufen hatte. »Ich glaube, da haben wir etwas sehr Gutes geschafft!«, stellte er zufrieden fest. »Und außerdem regnet es ab morgen nicht mehr in die Geisterbahn. Ihr könnt wieder zurück!«

Die Monster wollten wieder in lauten Jubel ausbrechen, aber als Max den Finger auf die Lippen legte, ließen sie es bleiben. Sie freuten sich, bald in die dunkle Geisterbahn zurückzukehren, in der es muffig und modrig war. Dort fühlten sie sich viel wohler als in der hellen Wohnung.

»Unternehmen Schwesternschreck, das eigentlich ein Unternehmen Theo-Schreck wurde, ist beendet!«, stellte Max fest. Die Monster nickten. »Aber ich wette, ›Mietmonster & Co.‹ bekommt noch andere Aufträge«, sagte der Junge verschmitzt. Wieder nickten die Monster. Auch sie ahnten das und freuten sich schon darauf. Sie hatten nämlich Spaß daran gefunden.

»Alle meine Monster! Ich bin stolz auf euch. Ihr seid die tollsten Freunde der Welt!«, sagte Max.

»Das bist du auch!«, versicherten die Ungeheuer.

Hinter Max begann der Geschirrkasten zu wackeln, sodass die Teller und Tassen heftig klirrten und rauszufallen drohten. Erschrocken stemmte sich der Junge dagegen.

»Keine Hektik, Mann!«, ertönte die hohe Stimme von Charley. »Ich bin's ja nur. Alte Gewohnheit. Wollte zustimmen, Kumpel!«

Max kicherte leise. War das alles verrückt!

Und eines sei euch jetzt schon verraten: Es sollte noch verrückter kommen. Beim nächsten Auftrag von »Mietmonster & Co.« bekamen es Max und seine Freunde nämlich mit einem Skelett im Jet zu tun!

THOMAS BREZINA

DIE KNICKERBOCKER-BANDE

Die Knickerbocker-Bande,
das sind:
der 13-jährige Axel (klein, aber eine Sport-Kanone), die gleichaltrige Lilo (Ski-Ass und Krimi-Fan), die 9-jährige Poppi (Besitzerin eines Mini-Zoos) und der 10-jährige Dominik (Leseratte und der Einstein der Bande). Die vier sind nicht nur gute Freunde, sondern auch Junior-Detektive, die viele Fälle in aller Welt gelöst haben.
Ihr Motto: Vier Knickerbocker lassen niemals locker!

Band 1 OMNIBUS Nr. 20113
Die Nacht der Weißwurst-Vampire
Band 2 OMNIBUS Nr. 20123
Der Ruf des Gruselkuckucks
Band 3 OMNIBUS Nr. 20111
Ein Ufo namens Amadeus
Band 4 OMNIBUS Nr. 20124
Bodensee-Piraten auf der Spur
Band 5 OMNIBUS Nr. 20125
Treffpunkt Schauermühle
Band 6 OMNIBUS Nr. 20112
Die Tonne mit dem Totenkopf
Band 7 OMNIBUS Nr. 20209
Rätsel um das Schneemonster
Band 8 OMNIBUS Nr. 20110
Wenn die Turmuhr 13 schlägt
Band 9 OMNIBUS Nr. 20131
Das Zombie-Schwert des Sultans
Band 10 OMNIBUS Nr. 20132
SOS vom Geisterschiff
Band 11 OMNIBUS Nr. 20133
Lindwurmspuk vor Mitternacht
Band 12 OMNIBUS Nr. 20134
Wo ist der Millionenstorch?
Band 13 OMNIBUS Nr. 20221
Kolumbus und die Killerkarpfen
Band 14 OMNIBUS Nr. 20222
Jagd auf den Hafenhai
Band 15 OMNIBUS Nr. 20174
Das Phantom der Schule
Band 16 OMNIBUS Nr. 20175
Der Fluch des Schwarzen Ritters
Band 17 OMNIBUS Nr. 20350
Schokolade des Schreckens
Band 18 OMNIBUS Nr. 20351
Die Rache der roten Mumie
Band 19 OMNIBUS Nr. 20381
Der grüne Glöckner
Band 20 OMNIBUS Nr. 20385
Frankensteins Wolkenkratzer
Band 21 OMNIBUS Nr. 20456
Die Gruft des Baron Pizza
Band 22 OMNIBUS Nr. 20457
Die Drachen-Dschunke
Band 23 OMNIBUS Nr. 20505
Der weiße Gorilla
Band 24 OMNIBUS Nr. 20506
Der tätowierte Elefant

OMNIBUS
Der Taschenbuchverlag für Kinder und Jugendliche
von Bertelsmann

THOMAS BREZINA

Lustige und gruselige Abenteuer von Max und seinen Monsterfreunden

Band 1 OMNIBUS Nr. 20549

DAS GEHEIMNIS DER GRÜNEN GEISTERBAHN

Band 2 OMNIBUS Nr. 20550

GRUSELN AUF DEM STUNDENPLAN

Band 3 OMNIBUS Nr. 20551

FERIEN IM SPUKHOTEL

Band 4 OMNIBUS Nr. 20552

UNTERNEHMEN SCHWESTERNSCHRECK

Band 5 OMNIBUS Nr. 20553

DAS SKELETT IM JET

Band 6 OMNIBUS Nr. 20554

GRÜSSE AUS DEM GEISTERSCHLOSS

Band 7 OMNIBUS Nr. 20555

FAMILIE FÜRCHTERLICH

Band 8 OMNIBUS Nr. 20556

SPUK IN DER SCHULE

Band 9 OMNIBUS Nr. 20557

GEISTERSCHIFF AHOI!

Band 10 OMNIBUS Nr. 20558

DER SPRECHENDE FUSSBALL

OMNIBUS
Der Taschenbuchverlag
für Kinder und Jugendliche
von Bertelsmann